幼年時代・性に眼覚める頃

SaiSei
Murou

JN091423

室生犀星

P+D
BOOKS
小学館

目次

幼年時代 ――――― 5
性に眼覚める頃 ――――― 69
或る少女の死まで ――――― 141
あにいもうと ――――― 229
注　釈 ――――― 256

この作品は表記の揺れが散見されますが、作者の意図を尊重し、原則として底本どおりといたします。

幼年時代

一

私はよく実家へ遊びに行った。実家はすぐ裏町の奥まった広い果樹園にとり囲まれた小じんまりした家であった。そこは玄関に槍が懸けてあって檜《ひのき》の重い四枚の戸があった。父はもう六十を越えていたが、母は眉の痕《あと》(1)の青々した四十代の色の白い人であった。私は茶の間へ飛び込むと、

「なにか下さいな。」

と、すぐお菓子をねだった。その茶の間は、いつも時計の音ばかりが聞こえるほど静かで、非常にきれいに整頓された清潔な室であった。

「またお前来たのかえ。たった今帰ったばかりなのに。」

と言って茶棚から菓子皿を出して、客にでもするように、よくようかんや最中《もなか》を盛って出してくれるのであった。母は、どういう時も菓子は器物に容《い》れて、いつも特別な客にでもするように、お茶と添えてくれるのであった。茶棚や戸障子はみなよく拭かれていた。私は長火鉢を隔って坐って、母と向かい合わせに話すことが好きであった。

母は小柄なきりっとした、色白なというより幾分蒼白《あおじろ》い顔をしていた。私は貰われて行った家の母より、実の母がやはり厳しかったけれど、楽な気がして話されるのであった。

「お前おとなしくしておいでかね。そんな一日に二度も来ちゃいけませんよ。」

「だって来たけりゃ仕様がないじゃないの。」

「二日に一ぺんぐらいにおしよ。そうしないとあたしがお前をかわいがりすぎるように思われるし、お前のうちのお母さんにすまないじゃないかね。え。判って――。」

「そりゃ判っている。じゃ、一日に一ぺんずつ来ちゃ悪いの。」

「二日に一ぺんよ。」

私は母とあうごとに、こんな話をしていたが、実家と一町[2]と離れていなかったせいもあるが、約束はいつも破られるのであった。

私は母の顔をみると、すぐに腹のなかで「これが本当のお母さん。自分を生んだおっかさん。」と心のそこでいつも呟いた。

「おっかさんはなぜ僕を今のおうちにやったの。」

「お約束したからさ。まだそんなことを判らなくてもいいの。」

と、母はいつも答えていたが、私は、なぜ私を母があれほど愛しているにかかわらず他家へやったのか、なぜ自分で育てなかったかということを疑っていた。それに私がたった一粒種だったことも私には母の心が解らなかった。

父は、すぐ隣の間に居た。しかし昼間はたいがい畠に出ていた。私はよくそこへ行ってみた。父は、葡萄棚や梨畠の手入れをいつも一人で、黙ってやっていた。なりの高い武士らしい人であった。

「坊やかい。ちょいとそこを持ってくれ。うん。そうだ。なかなかお前は悧巧《りこう》だ。」

と、父はときどき手伝わせた。

畠は広かったが、林檎《りんご》、柿、すもものなどが、あちこちに作ってあった。ことに、杏《あんず》の若木が多かった。若葉のかげによく熟れた美しい茜と紅とを交ぜたこの果実が、葉漏れの日光《ひかり》に柔らかくおいしそうに輝いていた。あまりに熟れすぎたのは、ひとりで温かい音を立てて地上におちるのであった。

「おとうさん。僕あんずがほしいの。採《と》ってもいいの。」

「あ。いいとも。」

私は、まるで猿のように高い木に上った。若葉はたえず風にさらさら鳴って、あの美しいこがね色の果実は私の懐中にも手にも一杯に握られた。それに、木に登っていると、気が清々して地上にいるよりも、何ともいえない特別な高いような、自由で偉くなったような気がするのであった。たとえば、そういうとき、道路の方に私と同じい年輩の友だちの姿を見たりすると、私は、その友達に何かしら声をかけずには居られないのであった。自分のいま味わっている幸福を人に知らさずに居られない美しい子供心は、いつも私をして梢にもたれながら軽い小踊りをさせるのであった。

畠は、一様に規則正しい畝や囲いによって、たとえば玉菜の次に豌豆《えんどう》があり、そのうしろに胡瓜《きゅうり》の蔓竹《つるだけ》がひと囲い、という順に総てが整然とした父の潔癖な性格と、むかし二本の大小を腰にした厳格さの表われでないものはなかった。父の野良犬を追うとき、小柄《こづか》(3)でも投げるように、小石は犬にあたった。または烏などを趁《お》う手つきが、やはり一種の形式的な道場癖をもっていて、妙に私をして感心させるような剣術を思わせるのであった。

父の居間には、その襖の奥や戸棚には、驚くべきたくさんの刀剣が納められてあった。私はめったに見たことがなかったが、ぴかぴかと漆塗りの光った鞘《さや》や、手柄《つか》の鮫《さめ》(4)のぽつぽつした表面や×《かけじるし》に結んだ柄糸《つかいと》の強い紺の高まりなどを、よく父の顔を見ていると、なにかしら関連されて思い浮かぶのであった。

それに父は非常に健康であった。へいぜいは俳句をかいていた。父は葡萄棚から射す青い光線のはいる窓さきに、習字机を持ち出して、よく短冊をかいていた。幾枚も幾枚も書きそこなって、

「どうも良く書けん。」

などと言って、うっちゃることがあった。母はそういう日は、次の間で縫仕事をしていた。きれいの音一つない家の中には八角時計が、カタ・コトと鳴っているばかりであった。父も母も茶がすきであった。二人で茶をのんでいるとき、私も遊び友達に飽きてしまって、よくそこへ訪ねてゆくことがあった。

私はよく母の膝に凭《もた》れて眠ることがあった。

「お前ねむってはいかん。おうちで心配するから早くおかえり。」

と父がよく言った。

「しばらく眠らせましょうね。かあいそうにねむいんですよ。」

と、母のいう言葉を私はゆめうつつに、うっとりと遠いところに聞いて、幾時間かをぐっすりと睡《ねむ》り込むことがあった。そういうとき、ふと眼をさますと、わずかしばらく睡っていた間に、十日も二十日も経ってしまうような気がするのであった。何もかも忘れ洗いざらした甘美な一瞬の楽しさ。その幽遠《ゆうえん》さは、あだかも午前に遊んだ友達が、十日もさきのことのように思われるのであった。

母は私のかえるときは、いつも養家の母の気を気にして、襟元や帯をしめなおしたり、顔のよごれや手足の泥などをきれいに拭きとって、

「さあ、道草⑤をしないでおかえり。そしてここへ来たって言うんじゃありませんよ。」

「え。」

「おとなしくしてね。」

「え。おっかさん。さよなら。」

と私はいつも感じるような一種の胸のせまるような気で、わざとそれを心で紛らすために玄関を馳け出すのであった。母は、いつも永く門のところに佇って見送っていた。

二

私は養家へかえると、母がいつも、

「またおっかさんのところへ行ったのか。」

とたずねるごとに、私はそしらぬ振りをして、

「いいえ。表で遊んでいました。」

母は、私の顔を見詰めていて、私の言ったことが嘘だということを読み分けると、きびしい顔をした。私は私で、知れたということが直覚されると非常な反感的なむらむらした気が起こった。そして「どこまでも行かなかったと言わなければならない。」という決心に、しらずしらず体軀《からだ》が震うのであった。

「だってお前が実家《さと》へ行っていたって、お友達がみなそう言っていましたよ。それにお前は行かないなんて、うそを吐《つ》くもんじゃありませんよ。」

「でも僕は裏町で遊んでいたんです。みんなと遊んでいたんです。」

と、私は強情を張った。「誰が言いつけたんだろう。」「もし言いつけたやつが分ったらひどい目に遭わしてやらなければならない。」と思って、あれかこれかと友達を心で物色していた。

「お前が行かないって言うならいいとしてね。お前もすこし考えてごらん。此家《ここんち》へ来たらここの家のものですよ。そんなにしげしげ実家へゆくと世間の人が変に思いますからね。」

と、こんどは優しく言った。優しく言われると、あんなに強情を言うんじゃなかったと、すまない気がした。

「え。もう行きません。」

「時々行くならいいけれどね。なるべくは、ちゃんとお家においでよ。」

「え。」

「これを持っておへやへいらっしゃい。」

母は私にひと包みの菓子をくれた。私はそれを持って自分と姉との室へ行った。

母は叱るときは非常にやかましい人であったが、かわいがるときもかわいがってくれていた。しかし私はなぜだか親しみにくいものが、母と私との言葉と言葉との間に、平常の行為の隅々に挟まれているような気がするのであった。

姉は嫁入りさきから戻っていた。そして一人でいつも寂しそうに針仕事をしていた。私は机の前に坐って黙っておさらいをしていた。

「姉さん。これをおあがり。」

と私はふところから杏をとり出した。美しい果実はまだ青い葉をつけたままそこらに幾つも転がって出た。

「まあ。おさとから採っていらしったの。」

「ええ。たいへん甘いの。」

「では母さんには秘密ね。」

「そう。いまおさとへ行ったって叱られちゃったところさ。」

姉はだまって一つ食べた。姉は一日何も言わないでいた。わずか一年も嫁入って帰って来た彼女は、生まれかわったように、陰気な、考え深い人になっていた。

「ねえさんはお嫁に行ってひどい目に会ったんでしょう。きっと。」

「なんでもないのよ。」

姉はあとは黙っていた。私達は杏の種をそっと窓から隣の寺の境内にすてた。

姉はいろいろな布類《きれ》や小さな美しい箱や、目の青い人形や、絹でこしらえた財布や、嫁入りさきが海岸だったというのでそこで集めた桜貝姫貝ちょうちん貝(6)などをたくさんに持っていた。それは小さな手提簞笥《てさげだんす》の中にしまってあった。私はそれを少しずつ頒《わ》けてもらっていた。

「これもすこし上げよう。」

と、一つ一つ少しずつ分けてくれた。私はことに美麗な透明な貝などを綿にくるんで、やはり貰った箱にしまっておいた。姉は、ことに小布片《きれ》が好きであった。様々な色彩《いろ》の絹るいを大切に持っていた。どうしたはずみだったか、姉の名あての手紙の束を見たことがあった。

「それ何《なあ》に。おてがみ！　見せて下さい。」

と、私は何心なく奪うようにして取ろうとすると、姉は慌ててそれを背後に隠して、そして赧《あか》い顔をした。

「なんでもないものですよ。あなたに見せても読めはしないものよ。」

私は姉が赤くなったので、見てはわるいものだということを感じた。きっと、姉の友達から来たので、私どもに知らしてはならないことを書いてあるのだと思って、私は二度それを見ようとはしなかった。

「かあさんにね。ねえさんが手紙をもっているっていうことを言わないでしょうね。」

と、姉は心配そうに言った。

「言わないとも。」

「きっと。」

「きっとだ。」

私は小さな誓いのために指切りをした。姉はお嫁前とは瘠《や》せていたが、それでもよく肥えてがっしりした手をしていた。私はそういう風に、だんだん姉と深い親しみをもってきた。

晩は姉とならんで寝た。

「姉さん。はいっていい？」

などと私はよく姉と一しょの床にはいって寝るのであった。姉はいろいろな話をした。医王《いおう》山《ぜん》(7)の話や、堀武三郎《ほりむさぶろう》などという、加賀藩(8)の河師の話などをした。

加賀藩では河師というものがあって、鮎の季節や、鱒の季節には、目の下一尺(9)以上あるものを捕るための、特別な河川《かわ》の漁師であって、帯刀を許され(10)ていた。ことに堀武三郎というのは、加賀では大川である手取川(11)でも、お城下さきを流れる犀川《さいがわ》(12)でも、至るところの有名な淵《ふち》や瀬《せ》頭《がしら》を泳ぎ捜《さぐ》ることが上手であった。

膳部職《ぜんぶしょく》(13)から下命があると堀はいつも四十八時間以内には、りっぱな鮎や鱒を生け捕ってくるのであった。かれは、好んで、ぬしの棲《す》んでいるという噂のある淵を泳ぎ入るのであった。

そのころ、犀川の上流の大桑の淵に、ぬしがいてよく馬までも捕られるということがあった。堀はその淵の底をさぐって見た。夜のように深い静寂な底は、からだも痺れるほど冷却《ひえき》った清水が湧いていて、まるで氷が張っているような冷たさであった。その底に一つの人取亀《ひととりがめ》(14)がぴったりと腹這《はらば》うていた。で、堀は亀の足の脇の下を擽《くすぐ》ると、亀は二三尺動いた。まるで不思議な大きな石が動くように。——その亀の動いた下に暗い穴があった。かれはそこをくぐった。内部《なか》は、三四間(15)もあろうと思われる広さで、非常にたくさんの鱒がこもっていた。堀はそれを手取りに必要なだけ（かれは必要以外の魚はとらなかった。）つかまえて、穴を這い出ようとすると、れいの人取亀がぴったりと入口を蓋していた。

堀はまた脇腹をくすぐって、動き出したすきに穴を這い出た。堀は、この話をしたが誰もそこへ入って見るものがなかった。それからというものは堀はそこを唯一の「鱒の御料場(16)」としていた。

その堀が生涯で一番恐ろしかったという話は、鞍が岳の池を潜《くぐ》った時であった。この鞍が岳は、加賀の白山山脈(17)もやがて東方に尽きようとしたところに、こんもりと盛り上がった山があって、そこは昔佐々成政《さつさなりまさ》(18)に攻め立てられて逃げ場を失った富樫政親《とがしまさちか》(19)が馬上から城砦《じようさい》の池に飛び込んだ古戦場であった。毎年かれが馬とともに飛び込んだといううら盆の七月十五日に、いつもその定紋のついた鞍が浮き上がった。なかには鞍の浮き上がったのを見たという村の人もあり、その日はべつにかわりはないけれど、何ともいえぬ池の底鳴りがするという人もあった。ふしぎなことには、馬と一しょに飛び込んだ富樫政親の姿が、その折とうとう浮いてこなかったことであった。

その池は深く青藍色《せいらんしよく》の沈んだ色を見せて、さざ波一つ立たない日は、いかにもその底に深い怨恨に燃え沈んだ野武士の霊魂が沈潜して居そうに思われるほど、静寂な、神秘的な凄い支配力をもって人々の神経を震わせてくるということであった。堀はこの伝説をきいて嗤《わら》った。そして、かれがこの池の底を探検するということが、お城下町に鳴りひびいて噂されたのであった。その日、堀は得物一つ持たずに池にもぐり込んだ。しずかな午後であった。かれはかなり永い間水面に浮かなかったが、しばらくして浮き上がってきた彼は、非常な蒼白な、恐怖のために絶えず筋肉をびくびくさせていた。そして何人にもその底の秘密を話さなかった。何者がいたかということや、どういうぬしが棲んでいたかということなど、一つも語らなかった。唯かれは河師としての生涯に、一番恐ろしい驚きをしたということのみを、あとで人々に話していた。それと同時にかれは河師の職をやめてしまった。

姉は話上手であった。これを話し終えても私はまだ睡れなかった。そして色々な質問して姉をこまらした。

「いったい池の底に何者《なに》がいたんでしょう。」

「そりゃ判らないけれど、やっぱり何か恐ろしいものが居たんでしょうね。」

「では今でも鞍が浮くんでしょうか。」

「人がそう言い伝えているけれど、どうだか分らないわ。しかし恐い池だって。」

私は話最中にその鞍が岳を目にうかべた。それは鶴来《つるぎ》街道を抱き込んだ非常に寛やかな高峯で、この峯つづきでは一番さきに、冬は、雪が来た。

「富樫って武士《さむらい》はまだ池の中に生きているの。それとも死んでしまったの。」

「それが分らないの。生きているかもしれないわ。」

と、姉は脅かすように言って、

「もうお寝《やす》み。」と言った。

私は軽い恐怖をかんじて姉にぴったりと抱かれていた。姉の胸は広く温かかった。やがて私は姉のあたたかい呼吸を自分の頬にやさしく感じながら眠った。

三

私どもの市街《まち》の裏町のどんな小さな家々の庭にも、果実のならない木とてはなかった。青梅の頃になると卵色した円いやつが、梢一杯に撓《たわ》み零《こぼ》れるほど実ったり、美しい真赤なぐみの玉が塀のそとへ枝垂《しだ》れ出したのや、青いけれど甘みのある林檎、杏、雪国特有のすもも、毛桃《けもも》などが実った。

私どもはほとんど公然とそれらの果実を石をもって叩き落としたり、塀に上って採ったりした。ちょうど七つくらいの子供であった私どもは、そうした優しい果実を掠奪してあるくためには、七八人ずつ隊を組んで裏町へでかけるのであった。それを「ガリマ」と言っていた。

「ガリマをしようじゃないか。」

と発言するものがあると、みな一隊になって果樹園町へでかけた。しかし、それは全然道路の方へ樹の枝がはみ出た分の果実に限られていた。まるで南洋の土人のような、荒いしかし無邪気な掠奪隊であった。

だから果実の木をもつ家々の人は、子供らが道路の方へ出た分の果実を採っていても、別に咎めも叱りもしなかった。かえって、人のよい中年の母らしい人がにこにこ微笑《わら》って見ているのもあったりした。

「ガリマ隊の来ないうちに。」

と言って、果実を急に採り始める家もあった。私もよくその「ガリマ」隊に加わったものであった。「ガリマ」隊の進んで行ったあとの道路は、ちぎられた青葉若葉が乾いた路の上に、烈しい子供の悪戯のあとをのこして散らばっていた。

私だちは空地の草場に輪をつくって、「ガリマ」に拠《よ》って得た果実をみなに頒けっこをするのであった。そして、みな子供らしい白い足を投げ出して、わいわい言いながら、極めて自然らしい遊びにふけるのだ。いろいろな家の果実がそれぞれ異なった味覚をもっていて、子供らはそれらを味わい分けることが上手であった。

私もやはり裏町を歩くと、どこの杏がうまくて、あそこの林檎がまずいということを良く知っていた。「ガリマ」隊が陣取っていると、そこらに遊んでいた女の子供らも、みな言い合わしたように集まってくるのであった。

「君らにも分けるよ。みな二つずつだよ。」

などと言って、にこにこしている少女達にみな平等に分け与えることも、いつもの例になっていた。女の子らはややはにかみながらも、「ガリマ」隊のなかに兄さんなどもいるので、みな親しく分けてもらって、隊をはなれて遊ぶのであった。

いつごろからそういう風習があったのか知らないが、それが決して不自然なところがなく、また非常に悪びれたところが、見えなかった。

「少し残して行っておくれ、みな採られるとおじさんの分がなくなるじゃないか。」

という家もあった。そんな家はいい加減にして引きあげた。どちらも微笑《にこにこ》している間に、自然ととり交わされた礼節が、子供らの敏感な心を柔らげるのであった。

私は飛礫《つぶて》を打つことが好きであった。非常に高い樹のてっぺんには、ことに杏などは、りっぱな大きなやつがあるかぎりの日光に驕り太って、こがね色によく輝いていた。そんなときは、飛礫を打って、不意に梢に非常な震動を与えた途端《はずみ》にその杏をおとすよりほかに方法はなかった。

私は手ごろな小石をもつと、びゅうと風を切って梢を目がけて投げるのであった。礫《つぶて》は青葉の間をくぐったり、触れた青葉を切ったりして、はっしと梢にあたるのであった。たいがい能《よ》く熟れきった杏の萼《がく》は弱くなっていて、美しい円形をえがいて花火のように落ちてくるのであった。そういうときは、子供らは一斉に歓喜に燃えた声をあげた。

私はまたよく河岸へ出て、飛礫を打ったりしたものであった。ともかく、私の飛礫は、遊び友達の中でも非常な腕利きとして相応な尊敬を払われていた。たとえば、Aの町の「ガリマ」隊と、Bの町の「ガリマ」隊とが、よく静かな裏町で出会わすことがあった。そんなときは、すぐに喧嘩になった。そんな時は、たいがい石を投げ合うので、私が一番役に立った。

私はいつも敵の頭を越すくらいに打った。一個《ひとつ》から二個《ふたつ》、三個という順序に、矢つぎ早に打つのが得意でそれが敵をして一番恐怖《こわ》がらせるのであった。私はたいがい脅かしにやっていたが、飛礫打ちの名人として、私が隊にいると敵はいいかげんにして引き上げるのであった。

喧嘩が白兵戦になると、随分ひどい撲《なぐ》り合いになるのであった。竿やステッキで敵も味方も滅茶苦茶になるまで、やり続けるのであった。私は組打ちがうまかった。そのかわり四五人に組み敷かれて頭をがんがん張られることもすくなくなかった。私はどういう時にもかつて泣かなかったために、仲間から勇敢なもののように思われていたが、心ではいつも泣いていたのだ。

四

小学校ではいちばん唱歌がうまかった。作文も図画もまずかった。私はいつの間にか家でおとなしかったが学校では暴れものになっていた。私はよく喧嘩をした。喧嘩をするたびごとに私が加わっていても居なくても、私が発頭人[20]にさせられた。そして「おのこり」によく会った。私はたえず不安な、胸の酸《す》くなるような気で学課のはてるのを待った。それは先生が私の読み方一つが異なっていても、他のものが間違っていてはそうではなかったが、私だけはいつも居残りを命ぜられたからであった。「今日もやられるかなあ。」と考えていると、きっと、

「室生《むろう》、かえってはいけない。」

と居残りの命令にあった。

私のちょいとした読みちがいでもそうだ。ことに喧嘩から疑われて一週間も教室に残されたことは、ほとんどいつものことであった。私の犯さない罪はいつも私の弁解する暇なく私の上に加わっていた。私は誰にも言いたいだけの弁解ができなんだ。

私は教室の寂しいがらんとした室内に、一時間も二時間も先生がやって来て「かえれ」というまで立って居なければならなかった。学友の帰って行く勇ましい群れが、そこの窓から町の一角まで眺められた。みな愉快な、喜ばしげな、温かい家庭をさして行った。かれらの帰って行くところに彼らの一日の勉学を酬ゆるための美しい幸福と慰藉《いしゃ》とが、その広い温かい翼をひ

ろげているようにさえ思われた。私はそとの緑樹や、家にいる姉の優しい針仕事のそばで話しする愉快を考えて、たえず兎のように耳を立て、今にも先生が来てかえしてくれるかと、それを一心に待っていた。

私は教室の硝子《ガラス》が何枚あるかということ、いつも私の立たされる柱の木目がいくつあるかということ、ボールド(21)にいくつの節穴があるかということを知っていた。私はしまいには窓から見える人家の屋根瓦が何十枚あって、はすかいに何枚ならんでいるかということ、はすかいの起点から下の方の起点が決して枚数を同じくしない点からして、ほとんど四角な屋根が、決して四角でないことなどを諳《そら》んじていた。

たくさんの生徒の前で、

「お前は居残りだ。」

と先生から宣言されると、たくさんの生徒らにたいして私はわざと「居残りなんぞは決して恐くない。」ということを示すために、いつも寂しく微笑した。心はあの禁足的な絶望に蓋せられているに関わらず、私はいつも微笑せずにはいられなかった。

「なにがおかしいのだ。ばか。」

と、私はよく怒鳴られた。そんなとき、私は私自らの心がどれだけ酷く揺れ悲しんだかということを知っていた。おさない私の心にあの酷い荒れようが、ひびの入った甕《かめ》のように深く刻まれていた。私はときどき、あの先生は私のように子供の時代《とき》がなかったのか、あの先生のいまの心と、私のおさな心とがどうして合うものかとさえ思った。

しかし私は先生に憎まれているという、心理上の根本を見るほど私はおとなではなかった。私は憎まれていた。——私は、先生のためならば何でもしてあげたいと思っていた。私の所有品、私の凡てのものを捧げていいから、この苦しい居残りから遁《のが》れたいと思っていた。その半面に私はときどき、とても子供が感じられない深い残酷さの竹篦返《しっぺがえ》しとして、あの先生がこの学校へ出られないようにする方法がないものかとも考えていた。そういう考えはとうてい実現できなかったし、また、そういう考えをもつことも恐ろしいことに思っていた。

家庭《うち》では毎日居残りを喰うために母の機嫌が悪かった。珍しく居残りをされなかった日は、こんどは母がやはり居残りにされたんだろうと言って責めた。私はどうすればよいか分らなかった。

私は人気のない寂然《しん》とした教室で、ひとりで涙をながしていた。

「ね。早くかえっていらっしゃい。あなたさえ温和《おとな》しくして居りゃ先生だってきっと居残りはしなくなってよ。あなたが悪いのよ。みな自分が悪いと思って我慢するのよ。えらい人はみなそうなんだわ。」

と言ってくれた姉のことばが頻《しき》りに思い出されていた。私はしらずしらず教壇の方へ行って、ボールドに姉さんという字をかいていた。私はその字をいくつも書いては消し、消しては書いていた。

その文字が含む優しさはせめても私の慰めであった。姉の室の内部が目に浮かんだ。姉の寂しそうに坐っている姿が目に入った。私は泣いた。

その時、突然教室の戸が開いた。そして先生のあばた面が出た。私は目がくらむほどびっくりして、指定された柱のところへ行って棒立ちになった。私の空想していた花のような天国的な空想が、まるで形もないほど破壊《こわ》されたのであった。

「何をしているんだ。なぜ命令《いいつ》けたところに立っていないんだ。」

と、私は肩さきを酷く小衝《こづ》かれた。私はよろよろとした。私は非常な烈しい怒りのために膝がガタガタ震えた。私は黙って俯向《うつむ》いていた。何を言っても駄目だ。何も言うまいと心で誓った。姉もそう言ってくれたのだ。

「なぜ先生の言いつけ通りにしないのだ。」

このとき、私は横顔を撲《は》られた。私は左の頬がしびれたような気がした。それでも私は黙っていた。私はここで殺されてもものを言うまいという深い懸命な忍耐と努力とのために、私は私の脣を嚙んだ。私はこの全世界のうちで一番不幸者で、一番ひどい苦しみを負っているもののように感じた。

「よし貴様が黙っているなら、いつまでもそこに立って居れ。」

こう彼は言って荒々しく教室を出て行った。私はやっと顔をあげると、いままで耐えていたものが一度に胸をかき上がった。顔が火のように逆上した。私は痛い頰に手をやって見て、そこが腫れていることに気がついた。私は擲られたとき、もうすこしで先生に組みつくところであった。

けれども耐えた。

私はもう午後五時ごろのように思った。そして窓から見ていると先生方はみな帰って行った。そのなかに私の先生もいた。そうだ。先生が帰っては、もうとても帰してくれるものが居ないのだ。

私はすぐに自分の席からカバンを取ると、さっさと帰った。そとは楽しかった。うちへかえると母は小言を言った。

「また居残りでしょう。」

と言った。

私は姉の室へはいるともう眼に一杯の涙がたまった。姉はすぐに直覚した。私は姉に縋《すが》りついて心ゆくまで泣いた。

「あなたの先生もひどい方ね。ちょいとお見せ。まあかわいそうにね。」

と、姉は私の頬を撫でて、涙をためた目で私を見つめた。私は胸が一杯でものが言えなかった。言いたいことがたくさんあった。しかしどうしても口へ出なかった。

「あたし先生に会ってあんまり酷いって言ってやろうかしら。」

と姉は昂奮《こうふん》して言った。

「いけない。いけない。そんなことを言ったらどんな目に会うかしれないの。」

と、私は姉をゆかせまいとした。

翌日起きると私は渋りながら登校の道を行った。私は昨日逃げて帰ったのを咎められる不安や、またあの永い居残りを思うだけでも気が滅入り込むのであった。雨は両側の深い庇からも流れていた。ほかの同級生はみな元気に歩いて行った。私は学校の「野町尋常小学校[22]」と太い墨でかいた門のところで、極度の嫌悪のために牢獄よりも忌わしく呪うべき建築全体を見た。「私はなぜこんなところで物を教わらなければならないか。」という心にさえなった。あの商家の小僧さんのようになぜ自由な生活ができないのかとさえ思った。

先生はそしらぬ振りしていた。私はよろこんだ。私がいつまでも昨日残っていたものだと思っているのだと、心を安んじていた。五限がすむと生徒が行列をつくって下駄箱の方へ行くのであった。私も「きょうこそ早く帰れるのだ。」とひそかに心を躍らせた。そして、先生の前を通ろうとすると、

「お前は居残るんだ。」

と、いきなり襟首をつかんで、行列から引きずり出された。まるで雀のようにだ。私はかっとした。腸がしぼられたように縮み上がった。真赤になった。ものの二分も経つと私はよく馴らされた厚顔さに、その図々しい気持ちがすっかり自分の心を支配し出したことを感じた。「どうにでもなれ。」という気になった。私の目はいつものようにじっと動かなくなった。頭か

ら足まで一本の棒を刺し徹《とお》されたような、しっかりした心に立ち還っていた。

私は昨日のように教室に立っていた。

「一枚二枚三枚……。」

と、人家の屋根瓦を読みはじめた。何度も何度も読みはじめた。気が落ちつくと、だんだん瓦の数が不明《わから》なくなった。眼が一杯な涙をためていた。

私は、先生のみにくいぽつぽつに穴のあいた天然痘《てんねんとう》の痕のある頬を思いうかべた。それが怒り出すと、一つ一つの穴が一つ一つに赤く染まって行った。そんなとき、私はいつも撲《は》られた。チョオクの粉のついた大きな手が、いつも俯向いて宿命的な苛責に震えている私の目からは、いつもそれが人間の手でなくて一本の棍棒であった。その棍棒が動くたびごとに、私の全身の注意力と警戒と憤怒とがどっと頭にあつまるのであった。私の怒りはまるで私の腹の底をぐらぐらさせた。

その日は私のほかに、貧しいボロを着た貧民町の同級生が私と同じように残されていた。かれは黙っていた。かれはおもしろそうに外を見ていた。私はかれが立っていると、さぞ私のように足がだるいだろうと思って言った。

「君は腰掛にいたまえ。先生が来たら言ってやるから。」

「そうか。」

と、言ってかれは腰掛に坐った。かれは室の奥の方にいたのだ。私は入口にいたので、先生が来れば見えるのであった。

先生が来た。私はすぐかれに注意した。

先生は、私の方へ来ないでかれの方へ行って何か小声で叱っていた。かれは泣いて謝まっていた。汚ない顔じゅうを涙で洗うにまかせた二目と見られない顔であった。

「では帰んなさい。」

と、かれは許されて出て行った。こんどは私の方へ来た。

「なぜ昨日許しもしないのに帰ったのだ。きさまぐらい強情な奴はない。」と言った。

私は「またなぜが始まった。」と心でつぶやいた。

「何とか言わないか。言わんか。」

私はその声の大きなのにびっくりして目をあげた。私は極度の怨恨と屈辱とにならされた目をしていたにちがいない。

「なぜ先生を睨むのだ。」

私は怒りのやり場がなくなっていた。私はカバンの底にしまってあるナイフがちらと頭の中に浮かんだ。突然天井が墜落したような、目をふさがれたような気がして、私は卒倒した。とても子供の私には背負いきれない荷物を負ったようにだ。

私は間もなく先生に起こされた。私は気絶したのであった。私は夢からさめたように、ぼんやり頭の中の考える機械をそっくり持って行かれたような気がしていた。

先生は急にやさしく、

「おかえりなさい。今日はこれでいいから。」

と、私は表へ出ることができた。私は「大きくなったら……」と深い決心をしていた。「もっと大きくなったら……」と地べたを踏んだ。私の心はまるでぎちぎちな石ころが一杯つまっているようであった。私はこの日のことを母にも姉にも言わなかった。ただ心の底深く私が正しいか正しくないかということを決定する時期を待っていた。

五

九歳の冬、父が死んだ。

朝から降りつもった烈しい雪は、もう私がかけつけたころは尺余に達していた。父のからだは白絹の布で覆われていた。その上にりっぱなひと腰(23)がどっしりと悪魔除けにのせられてあった。父は老衰で二三日の臥床《がしょう》で眠るように逝った。

お葬式の日は、やはり雪がちらちら降っていた。母と一しょに抱かれるように車に乗った。途中雪がたいへんで、行列が遅れがちであった。

私はそれからは非常な陰気な日を送っていた。父の愛していた白《シロ》という犬が、いつも私のそばへふらふらやって来た。毛並のつやつやしい純白な犬であった。

ある日、私は実家へゆくとゴタゴタしていて、大勢の人が出たり入ったりしていた。母は私にお父さんの弟さんが越中(24)から来たのだと言っていた。四五日すると母がいなくなって、見知らない人ばかりいた。母は追い出されたのであった。

母は私にも別れの言葉もいうひまもなかったのか、それきり私は会えなかった。母は父の小間使だったので、父の弟が追い出したことが分った。私はあの広い庭や畠を二度と見ることができなかった。いつも茶の間で長火鉢《ながひばち》で向かい合って話した上品なおとなしい母はどこへ行ったのだろう。私は母にも姉にも黙っていた。母はそのことを口へも出さなかった。私はひまさえあれば、白をつれて町を歩いていた。

「シロ！　来い。」

というと、父が亡くなってから、ねむるところもないこの哀れな生きものは、何人よりも私を好いていたらしかった。私はこの生きものと一緒にいると、何かしら父や母について、引き続いた感情や、言葉の端々を感じ得られるのであった。私はどこかで母にあいはせぬかと、小さい心をいためながら、あるときはずっと遠くの町まで歩きまわるのであった。母と同じい年頃の女にあうと、私は走って行って顔をのぞき込むのであった。私のこの空しい努力はいつも果たされなかった。

姉はよく私のこの心持ちを知っていた。姉はもう嫁には行かなかった。いつも家事のひまひまには室にいて静かに針仕事で日をくらしていた。そして私がひっそりと奥庭へ入れておいたシロに、御飯をやったりしてくれた。シロはもう私の家を離れなかった。私はよく庭へ出てシロと坐って、深い考え事をしていたりしていた。私はだんだん子供らしくない、むっちりとした、黙った子供になった。

シロのことでよく母から小言が出た。

「そんな犬なぞどうするの。あっちい放していらっしゃい。」

とよく言われたものだ。私は、わざと放しに行くように見せて磧《かわら》へなど行って遊んでいた。

「シロ！　行け。」

と、けしかけるとシロはたいがいの犬を負かした。私はそうして時間を潰してかえって来て、

「放して来ました。」

と報告しておいた。そのときはもうシロは奥庭にはいって円々《まるまる》とねていた。母は困っていたが、私があああした嘘をつくことをしらなかった。しまいには、出入りの大工にたのんで母は放させたが、やっぱり帰って来た。そんなとき、私は嬉しかった。

「道を忘れないで帰って来い。きっと来い。」

と、私は大工が持ってゆくときに、心の中でつぶやくのであった。

姉は、

「あんなになついたんだから置いてやったらどうでしょう。」

と母に言ったりした。

「でもお実家《さと》の犬だし、何だか気味がわるくてね。」

と言っていた。そして私には、

「あんまりシロシロってかわいがるから家から外へ行かないんだよ。」

と小言をいっていた。

けれども私はシロを愛していた。

ある寒い雪の晩方のことであった。私はだんだん暮れ沈んで雪が青くなって見える門の前で、いつまでも歇《や》むことのない北国の永い降雪期を心で厭いながら、あの何ともいわれない寂しい音響《おと》という音響のはたと止んだ静かな町を、寒げに腰をまげて縮んだように行く往来の人を眺めていた。近在の人であろう。みな急がしげに、しかも音のない雪道を行くのを得もいわれず淋しく見送っていた。どの人を見ても痩せて寒げであった。

私はふと気がつくと、白がぐったり首垂《うなだ》れて、しかも耳から鮮血を白い毛並のあたりに、痛々しく流しながら帰って来るのを見た。私はかっとなった。

「シロ！　誰にやられたのだ。」

と、私はこの哀れな動物にほとんど想像することのできないほどの深い愛を感じた。そしてこの耳を噛んだ対手《あいて》の犬に復讐《むく》いなければならなかった。

「シロ！　行け。どこでやられたのだ。」

と、私はシロとともに無暗に昂奮して、シロの来た方の道を走った。シロは高く吠えて私よりさきに走った。

シロは裏町のある家の門のところで、急に唸り出した。門の中から黒白の斑点のある大きな犬が飛び出した。シロは私という加勢に元気づけられたために、いきなり飛びついた。けれどもシロは小さかったために仰向けに組み敷かれた。シロは悲鳴を挙げた。私はもう我慢ができなかった。いきなり下駄を脱ぐと雪の中を素足になって、上に乗りかかっているシロの敵をめちゃくちゃにひっぱたいた。敵は悲鳴をあげた。シロはその隙に起き上がって完全に敵を組みしいて噛みついた。

「シロ。しっかりやれ。僕がついている。」

と、私は冷たさもしらないで雪の上をとんとん踏んだ。シロは勝った。

と、そこへ門の中から私とは二級上の少年が出て来た。そしてこんどは自分の犬にけしかけた。

「生意気言うな。きさまの犬より僕のやつは強いんだ。」

と、私は彼の前へ飛びかかるように進んだ。

「そんな汚ない犬が強いもんか。」

と、彼は真蒼《まつさお》になって言った。

「犬より君の方があぶないよ。家へはいっていた方がいいよ。」

「小さなくせに生意気をいうな。」

「もう一度言え。」

と、こう私は言っておいて、いきなり得意の組打ちをやった。私はかれの背を両手でしっかり抱いて、くるりと、腰にかけて雪の上に投げつけた。そして私は馬乗りになって自分でどれだけ撲《なぐ》ったか覚えないほど撲った。私は喧嘩は早かった。そして非常な敏活な、稲妻のようにやってしまうのが得意であった。

私は下駄をはいてシロとかえりかけた。やっと起き上がった彼は、「覚えていろ。」と言った。私は冷笑してかえった。私はそれから道で白をなでてやった。そして「負けたら帰るな。」と言ってきかせた。

ある日、学校からの帰り途《みち》のことであった。裏町の塀のところに上級生らしい私とは大きい少年が三人かたまって、私の方を向いて囁き合っていた。気がつくと、この間の犬の喧嘩のときの上級生が交っていた。私は直覚的に待伏せを食っていることを知った。私はすぐカバンの革紐を解いて、さきの方を固く結んだ。私の用意は、かれらの前にまで歩いてゆくうちに整っていた。

れいの少年はいきなり私の前に立ち塞がった。

「この間のことを覚えているか!」

と、かれは一歩前へすすんだ。

「覚えている。それがどうしたのだ。仕返しをする気か。」

かれはいきなり飛びつこうとした。私は革紐をひゅうと風を切って、かれの後脳を叩いた。かれは蹌踉《ふらふら》とした。その時まで黙っていた彼の友達が右と左とから飛びつこうとした。私はまた革紐を鳴らした。そのすきに私は足を蹴《け》り上げられた。膝皿がしびれた。私は倒れた。そして私はめちゃくちゃに叩かれた。私は彼らが去ったあとで目まいがして、やっと家へかえった。しかし翌日はもう元気になっていた。

学校の便所で昨日の仲間の一人に会った。私は声をもかけずにその上級生をうしろから撲《は》りつけておいて、漆喰の上へ投げ飛ばした。

かえりに例の上級生が五六間さきへ行くのを呼びとめるとかれは逃げ出した。私はすぐさま手頃な小石を拾った。飛礫はかれの踝《くるぶし》にあたった。かれは倒れた。私はかれをそのさきの日のように撲った。たくさんの学友らは私らをとり捲いていたが、誰も手出しをしなかった。それほど私はみなから敬遠されていた。私はかれを尻目にかけて去った。

私はしかしそういう喧嘩をした日は淋しかった。勝って対手を酷い目にあわせればあわすほど私は自分の中の乱暴な性分を後悔した。してはならないと考えていても、いつも外部から私の危険性が誘い出されるごとに、私は抵抗しがたい自分の性分のために、いつも淋しい後悔の心になるのであった。

私のそうした乱雑な、たえず復讐心に燃えた根強い一面は、多くの学友から危険がられていたのみならず、非常に怖れられていたので、親しい友達とてはなかった。私はひとりでいる時、外部から私を動かすもののいない時、私は弱い感情的な少年になって、いつも姉にまつわりついて居た。

「お前がまあ喧嘩なんかして強いの。おかしいわね。」
と姉は、よく近所の少年らの親元から、私にひどい目にあった苦情を持ち込まれたとき、笑って信じなかった。姉の前では、優しい姉の性情の反射作用のように温和しく、むしろ泣虫の方であった。私が学友から一人離れて帰途をいそぐときは、いつも姉の顔や言葉を求めながら家につくのであった。姉なしに私の少年としての生活は続けられなかったかもしれない。

六

うしろの犀川は水の美しい、東京の隅田川(25)ほどの幅のある川であった。私はよく磧へ出て行って、鮎釣りなどをしたものであった。毎年六月の若葉がやや暗みを帯び、山々の姿が草木の繁茂するにしたがってどことなく茫々《ぼうぼう》として膨れてくるころ、近くの村落から胡瓜売りのやってくるころには、小さな瀬や、砂利でひたした瀬がしらに、背中に黒いほくろのある若鮎《さあゆ》が上ってきた。

若鮎はあの秋の雁《かり》のように正しく、かわいげな行列をつくって上ってくるのが例になっていた。わずかな人声が水の上に落ちても、この敏感な標悍《ひようかん》な魚は、花の散るように列を乱すのであった。

私はこの国の少年がみなやるように、小さな尾籠《びく》を腰に結んで、幾本も結びつけた毛針を上流から下流へと、たえまなく流したりしていた。鮎はよく釣れた。小さな奴がかかっては竿の尖端が神経的にぴりぴり震えた。その震えが手さきまで伝わると、こんどは余りの歓ばしさに心が躍るのであった。

瀬はたえずざあざあーと流れて、美しい瀬波の高まりを私達釣人の目に注がす。そこへ毛針を流すと、あの小さい奴が水面にまで飛び上がって、毛針に群れるのであった。ことに日の暮れになるとよく釣れた。水の上が暮れ残った空の明りにやっと見わけることのできるころ、私はほとんど尾籠を一杯にするまで、よく釣りあげるのであった。

川について私は一つの話をもっていた。

それは私が釣りをしに出た日は、雨つづきのあげく増水したあとであった。あの増水の時によく見るように、上流から流された汚物が一杯蛇籠《じやかご》(26)にかかっていた。私はそこで一体の地蔵を見つけた。それは一尺ほどもある、かなりの重い石の蒼く水苔の生えた地蔵尊であった。私はそれを庭に運んだ。そして杏の木の蔭に、よく町端れの路傍で見るような小石の台座を拵《こしら》えてその上に鎮座させた。

私はその台座のまわりにいろいろな草花を植えたり、花筒《はなづつ》を作ったり、庭の果実を供えたりした。毎月二十四日の祭日(27)を姉から教えられてから、その日は、自分の小遣いからいろいろな供物を買って来て供えていた。

「まあお前は信心《しんじん》家ね。」

と、姉もまた赤い布片《きれ》で衣《ころも》を縫って、地蔵の肩にまきつけたり、小さな頭巾をつくったりして、石の頭に冠せたりした。私はいつもこの拾って来た地蔵さんに、いろいろな事をしてあげるということが、決して悪いことでないことを知っていた。ことに、地蔵さんは石の橋にされても人間を救うものだということをも知っていた。私はこの平凡な、石ころ同様なものの中に、何かしら疑うことのできない宗教的感覚が存在しているように信じていた。

「きっといいことがあるわ。お前のように親切にしてあげるとね。」

と、姉は毎日のように花をかえたり、掃除をしたりしている私を褒めてくれていた。私は嬉しかった。こうした木の蔭に、自分の自由に作りあげた小さな寺院が、だんだんに日を経《ふ》るに従って、小屋がけが出来たり、小さな提灯が提げられたりするのは、何ともいえない、唯それはいい心持ちであった。何かしら自分の生涯を賭して報いられているような、ある予言的なるものを感じるのであった。私は毎朝、洗面してしまうと礼拝しに行った。ときとすると、あぐらをかいたお膝のところに大きな夜露がしっとりと玉をつづけていたりしていた。そのつぎに姉がいつも謹ましげにお詣りをしに来た。

ことに夜は森厳《しんげん》な気がした。木の葉のささやきや、空の星の光りなどの一切をとり纏めた感覚が、直接地蔵さんを崇拝する私の心を極めて高く厳粛にした。私はそこで、大きくなったら偉い人になるように熱禱《ねっとう》するのであった。

不思議なことは、この地蔵さんを大切にしてからは、よく蟻などが地蔵さんのからだを這っているのを見ると、これまでとは別様な特に地蔵さんの意志を継いでいるようなものにさえ思われた。蝸牛《かたつむり》にしてもやっぱりこの神仏の気を受けているように感じた。私はだんだん地蔵さんの付近に存在する昆虫を殺すことをしなくなった。それがだんだん長じて街路でも生きものを踏むことがなく、無益に生命をとらなくなっていた。

「お前くらい変な人はない。しかしお前は別なところがある人だ。」

と、母も私の仕事に賛成していた。

「しばらくなら誰でもやるものだが、あの子のように熱心にする子はない。」

と言っていた。

私はそれらの賛嘆にかかわらず、ときとしてはこんなにしてこれが何になるとか、いますぐ自分に酬いられるとかいうことを考えなかった。私はこの小さな寺院の建立に、いろいろな器物の増してゆくところに、自分の心がだんだん離れないことを知っていた。ことに私が川から拾って来たことが、母などが直ぐ大工を呼んでりっぱなお堂を建てたらと言い出すごとに、ひどく反対させた。いまさら母の力を借りなくとも、私は私一個の力でこれを祭りたいと思っていた。私は私の神仏としてこれを庭の一隅に置きたかった。誰人の指のふれるのをも好まなかった。

隣家に飴屋《あめや》があった。そこの米《よね》ちゃんという子は庭がなかった。私はその少年をよく庭へ入れて遊んだ。私はこの友達と磧から石を運んだり、砂を持ち込んだりした。私はだんだん大仕掛けに建てて行った。一つのものが殖えれば、もっと別な神聖なものが欲しくなって来た。私は町へ出て三宝《さんぼう》(28)や器物や花筒や燭台を購《あがな》って来た。

姉は毎日ごはんのお供物をした。私は長い庭の敷石をつたわりながら、朝のすずしい木のかげに白い湯気のあがるお供米《くまい》を捧げてきてくれるのを見ると、私は涙ぐみたいほど嬉しく神々しくさえ感じた。

「姉さん、ありがとう。」

と私はあつく感謝した。私のいろいろな仕事を見ている姉は、いつも清い美しい目をしていた。

「姉さんの目はなんて今朝はきれいなんだろう。」と心でかんじながら、私は花をかえたりしていた。

私はますますひどく一人ぽっちになった。学校へ行っていても、みんながばかのようになって見えた。「あいつらは私のような仕事をしていない。信仰をしらない。」と、みんなとは特別な世界にもっと別様な空気を吸っているもののように思っていた。先生を尊敬する心には元よりなっていなかった。あの酷い生涯忘れることのできない目にあってからの私は、いつも冷然とした高慢の内に、絶え間もない忍辱《にんにく》に虐げられたあの日を目の前にして、心を砕いて勉強していた。私が成人した後に私が受けたよりも数倍な大きい苦しみを彼らに与えてやろう。かれらの現在とはもっと上に位した総ての点に優越した勝利者になって見かえしてやろうと考えていた。

私はあの意地のわるい学友らは、もはや私の問題ではなくなっていた。全然、あの喧嘩《こ》や小競争《ぜりあい》がばかばかしいのみならず、その対手をしていることがもはや私に不愉快であった。

明治三十三年の夏、私は十一歳になっていた。

七

私の母が父の死後、なぜ慌しい追放のために行方不明になったのか。しかも誰一人としてその行方を知るものがなかったのかということは、私には三年後にはもう解っていた。あの越中から越してきた父の弟なる人が、私の母が単に小間使であったという理由から、ほとんど一枚の着物も持ちものも与えずに追放してしまったのであった。この惨めな心でどうして私に会うことができたろうか。彼女はもはや最愛の私にもあわないで、しかも誰人にも知らさずに、しかもその生死さえも解らなかったのである。

私は母を求めた。私があの小さな寺院建立の実行や決心や仕事のひまひまには、いつも行方のしれない母のために、「どうか幸福で健康でいらっしゃいますように。」と祈ったのであった。この全世界にとっては宿のなかったあの悲しい母の昨日にくらべて変わり果てた姿は、どんなに苦しかっただろうと、私はじっと空をみつめては泣いていた。私がもっと成人して全世界を向こうに回しても、私の母の悲しみ苦しみを弔《とむら》うためには、私は身を粉にしても関《かま》わないとさえ思っていた。私は母を追い出したという父の弟らしい人に裏町であったとき、私は一種の狂気的な深い怨恨のために跳《おど》りかかろうとさえ思ったのであった。私があのとき、その弟の人を殺そうとさえ日夜空想したことは、決して嘘ではなかった。私はただかれを睨んだ。その中に私は凡ての複雑な感情の激怒によって、呪わるべく値せられた下卑《げひ》な人間を憎悪した。

私があのいたみ易い目をして、どんなに母の容貌を描いてそれと語ることと空想することを楽しみにしていたか！　私は人のない庭や町中で、小声で母の名を呼ぶことさえあった。しかも永久に会うことのできない母の名を——。

私は「そうだ。人間は決して二人の母を持つ理由はない。」と考えていた。そんなとき、現在の母を忌々しく冷たく憎んだ。私は一方には済まないと思いながら、それらの思念に領されるとき、私は理由なく母に冷たい瞳を交したのであった。

「姉さん。僕の母は——。」

と私は時々言ったものだ。姉は思いやりの深い目で、そんなとき、いつもするように私を優しく抱きながら、

「どこかで仕合わせになっていらっしゃいますよ。そんなことをこれから言わないで頂戴。」

と言ってくれた。

「どこなんだ。」

と、私はすぐに烈しく昂奮した。何者にもたえがたい激怒は、母のことになると最も信頼している姉にまで及んだ。

「そんなこわい顔をしては厭。」

「僕の顔はコワいんだ。」

と、私は姉から離れた。こんなときは、姉でも私の心を知ってくれないように、生ぬるい感じのもとに怒りをかんじた。もう姉さんなんぞはいても居なくても、また、愛してくれても呉れなくてもいいとさえ思っていた。世界じゅうが私を不幸にするように思って、私はますます深く怒るのであった。

「姉さんに僕の心がわかるものか。」

と、私はすぐ表へ駈け出すのであった。たった一人の友であるものから離れて、ひとり裏町や空地などを歩いていた私には、木やそのみどりも人家も別なものに思われた。何もかも冷たく悲しかった。

そんなときは、何にも言わない白が尾《つ》いて来た。そして彼がみな解っているような悲しい顔をしていた。——私は母とあの広い庭へ出て茶摘みをしたり、庭で父と三人でお菓子をたべたりしたことが思い出された。初夏の風はいつも若葉の匂いをまぜて吹いていた。私は小さな顔をかしげるようにして、父と母の顔を半分ずつに眺めていた。隔たりのない総ての親密さが私達親子の上にあった。そんなとき、シロも傍の草のなかにねむっていた。

「お前はいったい成人して何になるか。」

と父はよく笑顔でたずねた。

私はだまってにこにこしていた。

「さあ、この子は考えることが上手だからきっと先生にでもなるかもしれない。——ね。お前そう思わないかい。」

と母は言った。

「僕なにになるか分らないんだ。何かこう偉い人になりたいなあ。」

と私は本当に何になっていいか分らなかった。

「そうだ。ともかくも偉い人間になれ。その心掛けが一番いいんだ。」

「そうね。それがいい。」

と母も言った。

私も目的のない漠然とした意志のもとに、ともかくも「偉い人」になりたいと思っていた。しかし軍人のきらいだった私は、それ以外に偉い人になりたいと思っていた。

「さあ。もうすこしで摘んでしまえるんだから、やってしまおう。」

「ええ。」

こうして父と母とは茶畠の中へ、あの美しい芳しい若芽をつみに行った。私はひとりで木の蔭にシロとふざけていた——。

私はこの平和な心を今歩きながら感じた。そして、今総てがなくなっていた。私は何もかも無くなっていた。私は元気づいて前方《さき》を馳《は》せってゆく白を悲しそうに見た。「あれだけが生きている。あれがみな知っている。」と思った。「あれがもし話ができたら、よく私を慰めてくれるに違いない。」とも思った。

私は回り歩いて郊外の慈恵院の前にでた。そこには、親のない子がたくさんに集まっていた。ちょうど、内の仕事の時らしく、一人の監督に連れられて、燐寸《マッチ》の棒を葭簀《よしず》にならべて日光に乾していた。私と同じ年頃の少年らは、みな規則正しい手なれた運び方をして、ひと摑みずつ簀の上に棒をならべていた。棒のさきには薬品がくろく塗られてあった。

私は静かに眺めていた。みな血色がわるくて蒼いむくんだような顔をしていた。「私と同じい親のない少年だ。私もああして働かなければならなかったのだ。私にああいうことが出来るだろうか。」と考えた。あの冷たそうな監督の顔が私には不快であった。そして、この院内から匂うてくる一種の嘔き気を催す臭気はたまらないほど、私の胸をむかむかさせた。「私がここへ来ても駄目だ。私は追放されるに決まっている。」そして私のゆくところはやはり今の家庭よりほかにはないのだ。

この哀れな少年のなかに目の大きな青い顔をした、しかしどこかに品のある美しい顔が目についた。私は何心なくこの少年に惹きつけられた。私はじっと見詰めた。かれもじっと見ていた。私はかれの悩んでいるのが分るような気がした。弱いけれど絶えず淋しそうに大きく瞠《みは》る癖のある目、私はこの少年と遊んで慰めてやりたい気がした。きっとこの少年は私と遊ぶことを喜ぶにちがいないと思った。あの目の光はいま私を求めているのだ。私と話することに憧れているのだ。私は目で微笑した。かれも燐寸をならべながら微笑した。私の微笑が冷笑にとられはすまいかと不安に思ったが、かれは、そう悪くはとらなかったのが嬉しかった。

八

私の地蔵堂は日を経るに順《したが》ってりっぱになった。私はどこへ遊びに行くということもせずに、いつも庭へ出ていた。

垣越しに隣の寺に、年老《としと》った和尚《おしよう》さんが庭掃除をしていられるのが見えた。私はていねいに挨拶をした。和尚さんは垣のそばへやって来て、

「なかなかりっぱなお堂が出来ましたね。」

と言ったので、私は裏木戸をあけて、

「這入って御覧なすって下さいまし。」

というと、

「では拝見致しましょうか。」

と、和尚さんが這入って来た。そして堂のところを見まわして、

「なかなかお上手だ。」

と言った。

それから和尚さんは袂《たもと》から珠数を出して、合掌しながら小声で、地蔵経(29)をよみはじめた。まるで枯れきった渋い声でうっとりするような美しいリズムを持った声であった。私はあとで、この地蔵さんを川から拾い上げて来たことなどを話した。

和尚さんは、地蔵さんの縁起について色々話してくれた。堂のところに、この小柄な坊さんは踞《かが》んで、いろいろな話をしてくれた。

「人間は何でも自分で善いと思ったことはした方がよい。よいと思ったことに決して悪いことはない。」

と言っていた。

和尚さんが帰ると、私はふとこの地蔵さんを寺の方へあげたいと思った。私は姉に相談した。姉はすぐ賛成した。

「そりゃいいわ。あの和尚さんはきっとお喜びになるわ。」

「じゃ姉さんからお母さんに言って下さい。」

「え。今から言ってあげる。」

と、姉は母に相談した。母もそれがよいと言ってくれた。かえって、俗家(30)に置くよりも、もとは川の中にあったのだから、お寺へあげた方がよいということになった。

和尚さんも喜んでくれた。

お寺では吉日を選んで供養をしてくれた。私が施主であった。川の中に棄てられてあった地蔵さんは、いまはりっぱな御堂のなかに、しかも鐸鈴《すず》まで添えられて祠り込まれた。私は嬉しかった。

私はそれを機会としてお寺へ遊びに行くようになった。和尚さんは子供がなかったので、私をむやみにかわいがってくれた。私が学校からの帰りが遅いと、よく私の家へ来られた。

「まだ帰りませんかね。」

などと姉にたずねていた。

そういうとき、私はすぐにお寺へ、学校の道具を投げ出すと飛んで行った。

「和尚さん唯今《ただいま》。」

と、私は和尚さんの炉のよこへ坐った。

「よく来たの。いまちょいと迎えに行ったところだった。」

と言って、いろいろな菓子などをくれた。それから古い仮名のついた弘法大師(31)の朱色の表紙をした伝記などを貰った。

和尚さんは優しい人であった。いつも善良な微笑をうかべてお茶をのんだり、暦を繰ったりしていた。

私はだんだん慣れると、奥の院の涼しい書院へ行って、学校の書物をよんだり、または、つい涼しいまぎれにうとうとと少年らしい短い鼾《いびき》を立てたりしていた。和尚さんは私の我儘を許すばかりでなく、心から私を愛しているらしかった。

ある日のことであった。

「あんたはここのお寺のものになるのは厭か。」と言った。

「来たっていいけれど、坊さんになるのはいやです。和尚さんの子になるのならいいけれど。」

「坊さんにならなくともよろしい。では厭ではないんだね。」

「え。喜んで来ます。お母さんがどう言うか知りませんが。」

「わしからお母さんにはお話する。」

この話があってから、私は母に呼ばれた。そしてお寺に行く気かとたずねられた。私はぜひ行きたいと思っていると言った。お寺にゆけば何もかも私は心から清い、そして、あの不幸な母のためにも心ひそかに祈れると思ったからである。私がお寺に起居するということだけでも、私は母に孝をつくしているような気がするのであった。

坊さんにはしない条件で私はいよいよ寺の方へ養子にゆくことになった。姉は悲しんだが、すぐ隣家だったので、いつでも会えると言って諦めた。

私の着物や書物はお寺に運ばれた。式も済んだ。そして私は涼しいお寺の奥の院で生活するようになった。私は寺から学校へ通っていた。

私の目にふれた色々な仏像や仏画、朝夕に鳴る鐸鈴の厳かな音色、それからそこここに点されたお燈明などに、これまでとは別な清まった心になることを感じるのであった。静かに私は時々姉にも会った。

「まあおとなしくなったのね。」

と姉は言っていた。

「あたしお地蔵様にお詣りに来たの。あなたもゆかない。」

「行きましょう。」

と、私達姉弟は、境内の私の地蔵さんにおまいりをした。いつも新しい供物があがっていて、清潔ですがすがしかった。

「どこか坊さんみたいね。だんだんそんな気がするの。」

と姉は言って笑った。

「そうかなあ。やっぱりお寺にいるからなんだね。」

私達は書院へかえると、父が出て来た。新しい父は、茶と菓子とを運ばせた。

書院はすぐ本堂の裏になっていた。

「そうして二人揃っていると、わしも子供のときを想い出す。子供のときは何を見ても楽しいものじゃ。」

と父は言って、お菓子をとって、

「さあ一つあがりなさい。」

と、姉にすすめた。

私達三人は、うしろの川の上を渡る風に吹かれながらお茶をのんだ。

「お父さんはお茶がたいへん好きなの。」

と私は姉に言った。父はにこにこしていた。

九

私のお寺の生活がだんだん慣れるにしたがって、私は心からのびやかに幸福にくらしていた。私は本堂へ行って見たり、本堂を囲う廊下の絵馬(32)を見たり、いろいろな起請文《きしょうもん》を封じ込んだ額を見あげたりしていた。私の室は、私の静かさと清潔とを好む性癖によく適っていて、庭には葉蘭がたくさんに繁っていた。庫裏《くり》には大きな暗い榎の大樹があって、秋も深くなると、小粒な実が屋根の上を叩いておちた。

お寺には絶えずお客があった。客はたいがい信者であった。同年輩の子供をつれて来た人は、いつも私に紹介した。父は、私を自慢していた。その信者の一人で、下町の方に商いしている家の娘でお孝さんというのがあった。

その子はおばあさんに連れられてくると、いきなり父にとりすがって、

「照さんがいらしって――。」

と言うのであった。

「います。さあ行っていらっしゃい。」

そのお孝さんはいつも私の室へ飛び込むように入って来た。九つになったばかりの娘であった。私はいつも絵をかかされていた。

「もう一枚かいて下さいな。」

とせがまれると、私はいつも拙い絵をかかなければならなかった。

「姉さんを呼んでいらっしゃいな。一しょに行きましょうか。」

「そうしよう。」

私達は庭の木戸から、三ツ葉や雪の下の生えている敷石づたいに、よく隣の姉さんを呼びに行った。姉さんと三人でいつも庭で遊ぶのであった。

柿の若葉のかげは涼しい風を通していて、その根許へしゃがんで話すのであった。私は姉とお孝さんとに挾まれていた。姉はいつも私の手をいじくる癖があった。

「お寺がいい？　お家がいい？」

などと姉がたずねた。

「お寺もおうちもどっちもいいの。でも両方にいるような気がするの。」

私は実際そんな気がしていた。一日に幾度も行ったり来たりしていたから。

「そうでしょうね。」

と姉も同感した。

「でもねお姉さん。晩はコワくてこまるの。誰も起きていないのに本堂で鐸《すず》が鳴るんだもの。お父さんにきくと、鼠がふざけて尾《しっぽ》で鐸を叩くんだって——。」

「まあ。そう。」

とお孝さんがコワそうにいう。

お孝さんは、ときどきおもしろいことを言った。

「あのね、姉さんがお好き。あたしをお好き。どっちなの。」

などと姉を笑わせることがあった。

「みんな好き。」

などと三人は、本堂裏の方へ遊びに行った。そこはすぐ石垣の下が犀川になっていて、楓《かえで》の老木や茨《いばら》が繁っていた。姉さんは、大きかったので、その細い危ない本堂裏へは行けなかった。

「あぶないからおよしなさい。」

と姉は言った。けれども私はそこへは行かれる自信があった。

「わたしも行くわ。行かれてよ。」

と、お孝さんが茨を分けて行こうとした。姉はびっくりした。

「いけませんよ。落ちたら大変だからおよしなさい。」

と言っても勝気なお孝さんはきかなかった。

「大丈夫なのよ姉さん。」

石垣の下は蒼い淵になって、その渦巻いた水面は永く見ていると、目まいを感じるほど気味悪くどんよりと、まるで底から何者かがいて引き入れそうであった。

私も危ないと思った。

「いけない。ここへ来ちゃ。」

と言っているうち、彼女は楓の根許をつたって、とうとう本堂の側面の裏へ出た。

「あたし平気だわ。あんなところは。」

私はからだが冷たくなるほど驚いたが、案外なので安心をした。

ここから姉のいるところは見えなかった。この堂裏にはいろいろな絵馬額のコワれたのや、提灯の破れたのや、土製の天狗の面や、お花の束や、古い埃で白くなった材木などが積まれてあった。

冷たい腐ったような落葉の匂いがこもっていた。

「あのね。さっきのね。あたしがすきか、おねえさんが好きかどっちが好きか、はっきり言って頂戴。どっちも好きじゃいやよ。」

私はびっくりしてお孝さんの顔を見た。お孝さんは泣き出しそうなほど真面目な顔をしていた。小さい額に小まちゃくれた皺をよせて、私の顔を仰ぎ見ていた。

「お孝さんが好きだ。ねえさんには内しょだよ。」

「ほんとう。」

「本当なの。」

「まあ嬉しい。あたし気にかかってしようがなかったの。」

と神経的に言う。

私はお孝さんと姉とは別々に考えていた。お孝さんには、姉さんと異なったものがあった。

つまり「かわいさ」があって姉さんにはかえって「かわいがられたさ」があった。

「あたしね。もうずっとさきから問おうと思っていたの。」

「そう。じゃお孝さんは僕の一番仲よしになって貰うんだ。いいの。」

「いいわ。一番仲よしよ。」

そのとき姉の高い声がしていた。呼んでいるらしかった。私も大声で応えた。

私達は助け合って、姉のいるところへ行った。

「まあ私ほんとに心配したよ。何していたの。」

「絵馬の古いのや、天狗の面などどっさりあったの。おもしろかったわ。」

と、お孝さんが言った。

私はすこし気まりがわるかった。姉が何もかも知っていはすまいかという不安が、ともすれば私の顔を赧めようとした。けれども姉は何もしらなかった。

「私どうしようかと思っていたの。これからあんな恐いとこへ行かないで頂戴。」と姉は私にいった。

「これからは行かない。」

と誓った。

「お孝さんもよ。」

と姉は注意した。

「わたしも行きませんわ。」

と誓った。

私達はそれから三ツ葉を摘みはじめた。あの芳しい春から二番芽の三ツ葉は、庭一面に生えていた。

姉が籠をもって来た。

庭は広く色々な植込みの日向の柔らかい地には、こんもりと太く肥えた三ツ葉がしげっていた。

「これを照さんの父さんに上げましょうね。」と姉はお孝さんに相談した。

「そりゃいいわ。きっとお喜びなさるわ。」

三人は一時間ばかりして、大きな籠に一杯三ツ葉を摘んだ。

寺の縁側では、お孝さんのおばあさんと父とがお茶をのんでいた。

「今日は。」

と私はあいさつをした。おばあさんもあいさつをした。

「これをね。みんなして摘みましたの。で持って来ました。」

「どうもありがとう。たいへんよい三ツ葉ですね。」

と父が言った。おばあさんも褒めた。

私達は縁側で休んだ。

おばあさんが、

「御姉弟ですね。たいへんよく似ていらっしゃる。」

と言った。父は、

「そうです。」

と言った。私は姉と顔を見合わせて微笑した。実際は私は姉とは似ていなかった。別々な母をもっている二人は、似ている道理はなかった。私はこんなとき、いつも人知れず寂しい心になるのであった。普通の姉弟よりも仲の睦まじい私どもにも異なった血が流れているかと思うと、姉との間を断ち切られたような気がするのであった。

おばあさんらもかえったあとで、私は一人で室にこもって、ひどく陰気になっていた。父は、

「顔のいろがよくないが、どうかしたのかな。」

「いいえ。何でもないんです。」

と、私はやはり「ほんとの姉弟でない。」ことを考え込んでいた。一つ一つの話の端にも、私はいつも心を刺されるものを感じる弱さを持っていたために、ときどき酷く滅入り込むのであった。心はまたあの行方不明になった母を捜りはじめた。「いつ会えるだろうか。」「とても会えないだろうか。」という心は、いつも「きっと会うときがあるにちがいない。」というはかない望みを持つようになるのであった。

この寺にきてから、私は自分の心が次第に父の愛や、寺院という全精神の清浄さによって、寂しかったけれど、私の本当の心に触れ慰めてくれるものがあった。

私はよく深く考え込んだ挙句、人の見ない時、父にかくれて本堂に上がってゆくのであった。暗い内陣は金や銀をちりばめた仏像が暗い内部のあかりに、または、かすかなお燈明の光に厳かに照らされてあるのを見た。そして私は永い間合掌して祈願していた。「もし母が生きているならば幸福で居るように。」と祈っていた。がらんとして大きな圧しつけて来るような本堂の一隅に、私はまるで一疋の蟻のように小さく坐って合掌していた。私は人々の遊びざかりの少年期をこうした悲しみに閉ざされながら、一日一日と送っていた。

十

秋になると栂《とが》の実が、まるで松笠のように枝の間に挾まれて出来た。だんだん熟れるとちょうど鳶の立っているようになって、一枚一枚風に吹かれるのであった。遠くは四五町も飛び吹かれた。

それを拾うとまるで鳶の形した、乾いた茜いろしたおもしろいものであった。私もよく庭へ出て拾ったものだ。秋になるとすぐに解るのは、上流の磧の草むらが茜に焦げ出して、北方の白山山脈がすぐに白くなって見えた。

寺の庭には湧くようなこおろぎが、どうかすると午後にでも啼いていた。ある日、私は本堂の階段に腰かけてぼんやり虫をきいていた。門から姉がはいってきた。

「なにしているの。ぼんやりして。」

姉はいそいそしていた。何か昂奮しているらしかった。

「何だか寂しくなってぼんやりしているんだ。ほら、ひいひいと虫がないているだろう。」

「そうね。虫はおひるまでも啼くんだね。」

と姉も階段にこしをかけた。

ふいとおしろいの匂いがした。いつも、おしろいなどつけない姉には珍しいことだと思った。

「あたしね。またおよめにゆくかもしれないの。」

私はびっくりした。

「どこへゆくんです。」

「よく分らないんだけれど、お母さんがきめてしまったんだから、行かなければならないわ。」

「その人を知っているの。」

「知らない――。」

「知らないひとのとこへ行くなんておかしいなあ。いつか姉さんがもっていた手紙の人だろう。」

「いいえ。」

姉は赤い顔をした。そして急に声までが変わった。

「あたし嫁《ゆ》きたくないんだけれど……。」

と姉は黙って涙ぐんだ。気の弱い優柔な姉のことだから、きっと、母のいうところならどういう処へでもゆくにちがいない。そして私ひとりになってしまうのは何という寂しいことだろう。

「いやだったらお母さんに断わったらいいでしょう。いやだって――。」

「そんなことあたしには言えないの。どうでもいいわ。」

と姉は投げるようにいう。

私は姉がかわいそうになった。

「僕が言ってあげようか。姉さんは嫁くことがいやだって――。」

「そんなこと言っちゃいやよ。本当にいわないで下さい。あたし却って叱られるから。」

「じゃやっぱり嫁きたいんだろう。」

と、私は妬ましいような、腹立たしく性短《きみじか》に估《こ》ういうと、姉さんはいやな顔をした。

「あなたまでいじめるのね。あたし、ゆきたくないってあんなに言っているじゃないの。」

「だっていやじゃないんでしょう。」

と、斬り込むと、

「しかたがないわ。みな運命だわ。」

私は黙った。いやだけれど行くという、はっきりしない姉の心をどうすることもできなかった。

「じゃゆくのね。」

「たいがいね。」

私は寺の廊下屋根越しにお神明《しんめい》さんの欅《けやき》の森を眺めていた。姉が行ってしまっては、友だちのない私はどんなに話相手に不自由するのみではなく、どんなにがっかりして毎日鬱《ふさ》ぎ込んだ淋しい日を送らなければならないだろう。姉は私にとって母であり父でもあった。私の魂をなぐさめてくれる一人の肉身でもあったのだ。

私はそっと姉の横顔をみた。ほつれ毛のなびいた白い頸《くび》——私が七つのころから毎日実の弟のように愛してくれたんだ。

「でもね。ときどきあなたには会いにきてよ。」

「僕の方からだといけないかしら。」

「来たっていいわ。会えればいいでしょう。きっと会えるわね。」

私は階段を下りて、庭へでた。姉は隣へかえった。

私は書院へかえると、父には黙っておいた。私は「少年世界」(33)をひらいたり読んだりしていたが、姉が今にも行きそうな気がしてならなかった。私は庭へ出た。見るものがみな悲しく、末枯れの下葉をそよがせていたばかりでなく、川から吹く風が沁みて寒かった。

座敷から父が、

「きょうは寒いから風邪をひくといけないから家へ這入ってお出で。」

と言った。

親切な父の言葉どおりに家へ入った。

私はだんだん自分の親しいものが、この世界から奪られてゆくのを感じた。しまいに魂までが裸にされるような寒さを今は自分の総ての感覚にさえかんじていた。

四五日して姉の嫁くことが決定した。

その日の午後、姉は晴衣を着て母とともに二台の俥《くるま》にのった。

私は玄関でじっと姉の顔を見た。姉は濃い化粧のために見違えるほど美しかった。そわそわと心も宙にあるように昂奮していた。

「ちょいと来て――」

と姉は呼んだ。

私は車近くへ行った。

「そのうちに会いにきますから待っていてくださいな。それからおとなしくしてね。」

と姉は涙ぐんだ。

「では行っていらっしゃい。」

私はやっとこれだけのことが言えた。胸も心も何かしら圧しつけられたような一杯な悲しみに迫られていた。

「ではさよなら。」

と言い交すと、車が動いた。はじめは静かに動いて、こんどは車の輪が烈しく回り出した。姉はふりかえった。車がだんだん小さくなって、ふいと横町へ曲った。私はそれを永く永く見つめていた。横町へまがってしまったのに、まだ車が走っているような幻影が、私をして永く佇たせた。私は涙ぐんだ。あの優しい姉もとうとう私から離れて行ってしまったかと、私はすごすごと寂しい寺の書院へかえりかかった。

十一

私は姉がいなくなってから、短い冬の日の毎日雪にふりこめられた書院で、父のそばへ行ったり縁側に上げてやったシロを対手に淋しくくらしていた。二週間もたったあとにも姉は訪ねて来てくれなかった。短い葉書が一枚きたきりであった。

別にお変わりもないことと思います。姉さんは毎日忙しくて外へなどまだ一度も出たことがありませんので、あなたのところへも当分行けそうにも思われません。姉さんはやはりいつまでも、おうちに居ればよかったと毎日そう思って、照さんのことをかんがえます。照さんは男でしあわせです。そのうち会ったときいろいろお話しします。

と書いてあった。私はこの葉書を大切によごれないように、机の引出しの奥にしまっておいた。姉のことを考えたり会いたくなったりしたとき、私はこれを出して凝然《ぎょうぜん》と姉のやさしい顔や言葉に触れるような思いをして楽しんでいた。

私はときどき隣の母の家へ行くと、きっと姉の室へ這入って見なければ気が済まなかった。いつも黙って、静かにお針をしている傍に寝そべっていた私自身の姿をも、そこでは姉の姿と一しょに思い浮かべることが出来るのであった。その室には、いつも姉のそばへよると一種の匂いがしたように、何かしら懐しい温かな姉のからだから沁みでるように匂いが、姉のいなくなったこの頃でも、室の中にふわりと花の香のように漂うていた。私は室じゅうを見回したり、ときには、小箪笥の上にある色々な菓子折のからに収《しま》ってある衣類や、香水のから罎《びん》などを取り出して眺めていた。なぜかしれない不思議な、悪い事をしたときのような胸さわぎが、姉の文庫の中を捜ったりするときに、ドキドキとしてくるのであった。

姉はさんごの玉や、かんざしや、耳かき、こわれたピンなどを入れておいた箱を忘れて行ったのが、これだけがちゃんと置いてあった。私はそういう姉の使用物をみるごとに、姉恋しさを募らせた。

私はある日、雪晴れのした道路をシロをつれて、いそいで行った。私はひそかに姉の嫁った家の前を通りたいためでもあった。川べりの前栽に植え込みのある、役員の住みそうな家であった。

二階は障子がしまってあった。家じゅうがしずかでしんみりしていて、姉の声すらしなかった。私は、わざと犬にワンワン吠えさせたりした。それでも姉が留守なのか、一向人《いっこう》の出てくるけはいがしなかった。私は、なお強く犬を啼かせた。二階の障子が開いた。そして姉の顔があらわれた。

姉は「まあ!」と口籠るようにびっくりして、手まねで今そこへゆくからと言った。シロは永く見なかった姉の顔を見ると、急に元気づいて前足を折ってふざけるようにして高く高く吠えた。

姉は出てきた。

「まあ、よく来たのね。すっかり忙しくてね。ごめんなさいよ。」

私は姉の顔を見ると、もう涙ぐんでじっと見詰めた。姉はすこし瘠せて青ざめたような、乾いた顔をしていた。

「僕、来てはわるかったかしら。」

「いえ。わるくないけど、お母さんからまたつまらないことを言われるといけないから、こんどから来るんじゃないのよ。きっとそのうち姉さんが行くからね。」

「きっとね。」

「え。きっと行きますとも、シロはまあ嬉しそうにして――」

シロは姉の裾をくわえて、久しく見なかった主人にじゃれついていた。

「じゃ僕かえろう。」

私はこんなところで姉と話しているのを家の人に見られると、姉があとで困るだろうと思って、帰りかかった。

「そうおかえり？　また今度姉さんが行きますからね。それまでおとなしくして待っていて下さいな。」

「いつごろ来てくれるの。」

「そりゃまだ分らないけれどもきっと行きますわ。誓ってよ。指切りをしましょうね。」

と、姉は私の手をとった。

私はにっこりしてあたりを見回した。誰か見てはいはしないだろうかと、しきりに懸念された。姉は、ずっとむかし子供の時にやったように、小指と小指とをお互いに輪につくって、両方で引き合うのであった。

この子供らしい冗談のような些事《こと》ではあったが、何かしら私ら姉弟にとって神聖な信ずべき誓いのように思われていた。

「じゃ、さよなら。」

と私は姉のそばをはなれた。

「道草をしないでおかえりなさいな。」

「ええ。」

と私は言って、川岸のはだらに消えかかった道を行った。片側町なので誰も通らなかった。私は「いまから姉はどうして晩までくらすのだろう。何かおもしろいことでもあるのだろうか。」などと考えていた。家にいるときよりいくらか瘠せたのも私にはよく感じられた。私は嫁というものは単に生活を食事の方にのみ勤むべきものであろうかなどと、悩ましく考え歩いていた。

北国の冬の日没ごろは、油売りの鈴や、雪が泥まみれにぬかった道や、忙しげに往き交う人々の間に、いつもものの底まで徹る冷たさ寒さをもった風が吹いて、一つとして温かみのないうちに暮れてゆくのであった。

私は寺へかえると、夜は父と、茶の湯の炉に強い火を起こして対《むか》い合って坐っていた。父は何をするということなしに、茶をのんだり暦をくったりしてひと晩を送るのであった。

父はよく柚味噌《ゆずみそ》をつくったりした。柚釜《ゆずがま》の中を沸々《ふつふつ》と煮える味噌の匂いを懐しがりながら、私はいつも父の手伝いをしていた。境内の大きな栂に寒い風が轟々と鳴るような晩や、さらさらと障子をなでてゆく笹雪《ささゆき》のふる夜など、ことに父と二人で静かにいろいろな話をしてもらうことが好きであった。

もはや姉に親しもうとしても、遠くへ行ってしまった後は、父と寂しい話などをきくよりほかはしかたがなかった。

父が初めてこの寺へきたときは、この寺が小さな辻堂にすぎなかったことや、夜、よく獺《かわうそ》がうしろの川で鮭をとりそこなったりして夜中に水音を立てたということなどを聞いた。

父はよく言った。

「姉さんがいなくなってから、お前はたいへん寂しそうにしているね。」

「ええ。」

父はよく私の心を見ぬいたように、そんなときは一層やさしく撫でるように慰めてくれるのであった。

「さあ、休みなさい。かなり遅いから。」

と、いつも床へつかすのであった。

私は佗しい行燈《あんどん》のしたで、姉のことを考えたり、母のことを思い出したりしながら、いつまでも大きな目をあけていることがあった。うしろの川の瀬の音と夜風とが、しずかに私の枕のそばまで聞こえた。

私の十三の冬はもう暮れかかっていた。

〔1919年8月「中央公論」初出〕

性に眼覚める頃

私は七十に近い父と一しょに、寂しい寺領《じりよう》の奥の院で自由に暮らした。そのとき、もう私は十七になっていた。

父は茶が好きであった。奥庭を覆うている欅の新しい若葉の影が、湿った苔の上に揺れるのを眺めながら、私はよく父と小さな茶の炉を囲んだものであった。夏の暑い日中でも私は茶の炉に父と一緒に坐っていると、茶釜の澄んだ奥深い謹み深い鳴りようを、かえって涼しく爽やかに感じるのであった。

父はなれた手つきで茶筅《ちやせん》を執ると、南蛮渡り(34)だという重い石器時代のうつわものの中を、静かにしかも細緻《さいち》な顫《ふる》いをもって、かなり力強く、巧みに掻き立てるのであった。みるみるうちに濃い緑の液体は、真砂子《まさご》のような最微な純白な泡沫《ほうまつ》となって、しかも軽いところのない適度の重さを湛えて、芳醇《ほうじゆん》な高い気品をこめた香気を私どものあたまに沁み込ませるのであった。

私はそのころ、習慣になったせいもあったが、その濃い重い液体を静かに愛服するというまでではなかったが、妙ににがみに甘さの交わったこの飲料が好きであった。じっと舌のうえに置くようにして味わうと、父がいつも言うように、何となく落ちついたものが精神に加わってゆくようになって、心がいつも鎮まるのであった。

「お前はなかなかお茶の飲みかたが上手くなったが、いつの間に覚えたのか……」などと、父は言ったりした。

「いつの間にか覚えてしまったんです。いつもあなたが服《の》んでいるのを見ると、ひとりでに解ってくるじゃありませんか。」

「それもそうじゃ。何でも覚えて置く方がいい。」

そういうとき、父はいろいろな古い茶碗を取り出して見せてくれた。初代近い窯《かま》らしいという古九谷(35)の青や、まるで腐蝕《ふしょく》されたような黒漆な石器や、黄と緑との強い支那のものなど、みな幾十年来の数繁き茶席の清い垢と光沢とによって磨かれたのが多かった。そういうものは私にはわからなかったが、父の愛陶の心持ちがいつの間にか私をして、やはり解らぬままに陶器を好くようにさせていたことは実際であった。

父は、そのなかから薄い卵黄色の女もちにふさわしい一つの古い茶碗をとり出して、

「これはお前ののにするといい。」

と、私の手にわたした。

私はそれを茶棚の隅に置いて、自分のもちものにすることが嬉しかった。

父は童顔仙軀《どうがんせんく》とでもいうように、眉まで白く長かった。いつも静かな看経《かんきん》のひまひまには、茶を立てたり、手習いをしたり、暦を繰ったり仏具を磨いたりして、まめまめしい日を送っていた。若いころに妻をうしなってから、一人の下男と音のない寂しい日をくらしていた。茶を立てる日になると、井戸水はきめが荒くていけないというので、朝など、

「お前御苦労だがゴミのないのを一杯汲んで来てお呉れ。」

と、私がうるさく思いはせぬかと気をかねるようにして、いつも裏の犀川の水を汲みにやら

せた。東京では隅田川ほどあるこの犀川は、瀬に砥がれたきめのこまかな柔らかい質に富んでいて、茶の日には必要欠くことのできないものであった。私はそんなとき、手桶をもって、すぐ磧へ出てゆくのであった。庭から瀬へ出られる石段があって、そこから川へ出られた。

この犀川の上流は、大日山という白山の峯つづきで、水は四季ともに澄み透って、瀬にはことに美しい音があるといわれていた。私は手桶を澄んだ瀬につき込んで、いつも、朝の一番水を汲むのであった。上流の山々の峯のうしろに、どっしりと聳《そび》えている飛騨《ひだ》(36)の連峯を靄《もや》の中に眺めながら、新しい手桶の水を幾度となく汲み換えたりした。汲んでしまってからも、新しい見事な水がどんどん流れているのを見ると、いま汲んだ分よりももっと鮮かな綺麗な水が流れているように思って、私は神経質にいくたびも汲みかえたりした。

この朝ごとの時刻には向こう河岸では、酒屋の小者の水汲みが始まっていた。小者はみな裸体になってあふれるほど汲んだ二つの手桶を天びんにかついで、街の方へ行った。静かな朝など、桶からはみ出た水が光って、まるで白刃のように新しい朝日に輝いていた。私の故郷にはこの川の水から造られた「菊水」という美しい味をたたえた上品なうまい酒がとれた。

この磧からは私の住む寺院がよく見えた。二本の高い栂の樹をその左右にして、本堂を覆うた欅や楓の大樹のひろがった、枝は川の方へほとんど水面とすれすれに深く茂り込んでいた。そこは、用水から余った瀬尻が深く水底を穿ってどんよりと蒼々しい淵をつくっていた。鮎や石斑魚《うぐい》などを釣る人が、そこの蛇籠に蹲《しやが》んで、黙って終日釣り暮らすのを見受けることがあった。

父は私の汲んで来た一番水をいつもよく洗われた真鍮《しんちゅう》の壺に納めて、本堂へ供えた。それを日の入りには川へ流すのが例になっていた。あとの水は、茶の釜にうつした。午前九時ごろになると、釜は、父の居間で静かに鳴りはじまって、ことに冬など、襖越しにそれが遠い松風のように、文字通りな時雨《しぐれ》の過ぎ去ってゆくような音を立てた。

そういうとき、父は一つの置物のように端然と坐って、湯加減を考えるように小首をかたげていた。夏は純白な麻の着物をまとうて、鶴のように瘠せた手を膝の上にしている姿は、寂しさ過ぎて厳めしく見えた。時々、仲間の坊さん連のやってくるほかは、たいがい茶室で黙ってくらすことが多かった。

私は私で学校をやめてから、いつも奥の院で自分のすきな書物を対手にくらしていた。学校は落第ばかり続いていたので、やさしい父は家にいて勉強したって同じだと言ってくれたのを幸いにして、まるで若隠居のように、終日室にこもっていた。

そのころ私は詩の雑誌である「新声」(37)をとっていて、はじめて詩を投書すると、すぐに採られた。K・K氏(38)の選であった。私はよく発行の遅れるこの雑誌を毎日片町の本屋へ見に行った。この「新声」の詩壇に詩が載ることは、ことに私のように地方に居るものにとっては困難なことであったし、実力以外ではほとんど不可能なことであった。そのかわりそこに掲載されれば、疑いもなく一個の詩人としての存在が、わけても地方にあっては確実に獲得できるのであった。

私は、本屋までの途中、載るか載らないかという疑惑に胸さわぎして、ひとりで、蒼くなったり赤くなったりした。

「『新声』ですか。まだ来ていませんよ。来たらおとどけいたします。」

などと、本屋の小僧は、まるで私の詩が没書にでもなったような冷たい顔をして言った。私はそのたびに、

「あ。そう。」

と、きまり悪くそそくさと帰った。そんな日は私は陰気に失望させられていたが、その夜が明けると、もう朝のうちに本屋へ行って「新声」が来ているかどうかということを確かめないと、落ちついて室にもいることができなかった。私は本屋の店さきに立って、新刊雑誌を一とおりずっと見渡して、まだ着いてないことが判っても、もしも荷がついてまだ解かないのではなかろうか（そんなこともあったのだ。）などと思って、一度問い訊《ただ》して見なければ気がすまなかった。

「君。『新声』はまだ来ないかね。」

と言って私は赤くなった。

「今お宅へとどけようと思っていたところです。お持ちになりますか。」

「あ。持って行く——。」

私は、雑誌をうけると、すぐ胸がどきどきしだした。本屋から旅館の角をまがって、裏町へ

出ると、私はいきなり目次をひろげて見た。いろいろな有名な詩人小説家の名前が一度にあたまへひびいてきて、たださえ慌てている私であるのに、ほとんど没書という運命を予期していた私の詩が、それらの有名な詩人連に挾まれて、規律正しい真面目な四角な活字が、しっかりと自分の名前を刷り込んであるのを見たとき、私はかっとなった。血がみな頭へ上ったように、耳がやたらに熱くなるのであった。

私はペエジを繰る手先が震えて、何度も同じペエジばかり繰って居た。肝心の自分の詩のペエジを繰ることのできないほど慌てていた。やっと自分の詩のペエジに行きつくと、私はそこにこれまで見なかったりっぱな世界に、いまここに居る私よりも別人のような偉さを見せて、しかも徹頭徹尾まるで鎧でも着て坐っているように、私は私の姿を見た。東京の雑誌でなければ見られない四六二倍の大判(39)の、しかもその中に自分の詩が出ているという事実は、まるで夢のように奇蹟的であった。私は七月の太陽が白い街上に照りかえしているのに眼を射られながら、どこからどう歩いてどの町へ出たか、誰に会ったか覚えていなかった。私はまるで夢のように歩いて、いつの間にか寺の門の前に来ていた。

私は室へ這入ると雑誌を机の上に置いて、あまりの嬉しさにしばらく茫然としていた。何を見るともない眼で、微笑をうかべたまま障子のそとの磧を見ていた。磧から大橋が見えた。通行人が、たえず歩いて行った。私はそのとき初めて大橋をいま渡って来たことを、たしかに下駄の踏み工合で地面とは異なっていたことを思い出した。けれどもやはりどの道を歩いたか覚えなかった。

私は雑誌を机の上に置いたり読んだりしているうちに、これは是非父に言っておかなければならないと思いながらも、何だか非常に恥ずかしくも感じたが、しかし言いたくてしかたがなかった。私は父の室へ雑誌をもって這入って行った。

「東京の雑誌に私の書いたものが載ったんです。この雑誌です。」

と私は「新声」をとり出した。

「そうか。それはいい塩梅《あんばい》だった。一生懸命にやればなんだってやれるよ。お見せなさい。」

と、父は私の詩をよんでいたが、解りそうもないらしい顔をした。いくたびも読みかえして、

「むかしの漢詩みたいなものだ。それとは違うかな。」

「まあ同じいものです。」

と、私は苦笑した。

私は自分の室へかえると、自分の詩が自分の尊敬する雑誌に載ったという事実を今ははっきりと意識することができた。そして、あの雑誌を読む人々はみな私のものに注意しているに違いないと思った。この故郷の人も近隣の若い娘らまできっと私の詩をよむに違いない。私は全世界の眩しい注目と讃美の的になっているような、晴々しい押えがたい昂奮のために、庭へ出て大声をあげたいようにさえ思った。私の詩のよしあしを正しく批判するに値する人は、決してこの故郷にはいないように思われた。私は私の故郷において最も勝れた詩人であることを初

めて信じていいと思った。

私はその翌日から非常に愉快に生活することができた。私は毎日詩作をした。机にかじりつきながら、どうかして偉くならなければならないという要求のために、毎日、胸さわぎと故もない震えようを心に感じながら、庭の一点をみつめたままで暮らすようなことがあった。それから選者のK・K氏に長い手紙をかいて、自分は決して今の小ささでいたくないことや、これからもほとんど自分の全生涯をあげても詩をかきたいことなどを伝えた。K・K氏は強烈な日夜の飲酒のために、その若い時代をソシアリスト[40]として、しかも社会主義詩集まで出した人であった。返事が来た。「君のような詩人は稀だ。私は君に期待するから詩作を怠るな。」とあった。それから、ハガキで朴訥な、にじりつけたような墨筆で「北国の荒い海浜にそだった詩人に熱情あれ。」というような、どこか酒場にでもいて書いたもののようなハガキも来た。

私はその選者の熱情に深い尊敬をもっていた。そのころ詩壇では新しい口語詩の運動が起こりかけていた[41]が、流行を趁うことなき生一本《きいっぽん》なK・K氏の熱情にたいしては、その芸術よりも私は深く敬愛していたのである。

いろ青き魚はなにを悲しみ
ひねもすそらを仰ぐや。
そらは水の上《へ》にかがやき亙《わた》りて

魚ののぞみとどかず。
あはれ、そらとみづとは遠くへだたり
魚はかたみに空をうかがふ。

（明治三十七年七月処女作）

そのころ私と同じく詩をかいている表棹影《おもてとうえい》という友人が居た。この友は、街のまん中の西町という処に住んでいた。私に交際したいという手紙をよこしてから三日目に、この見ず知らずの友は、私の寺をたずねにやって来た。

表は大柄なのに似合わないかわいい円い頬をしていて、あまり饒舌《しゃべ》らない黙った人であった。かれは私と同じ十七であった。私たちはすぐに仲よしになった。

私もすぐにこの新しい友を訪ねた。姉さんと母親との三人ぐらしで、友の室は二階の柿の若葉した瑞々しい窓際に机が据えられてあった。「新声」や「文庫」[42]という雑誌が机の上に重ねてあった。

「君の『新声』の詩を読んで感心しました。たいへんうまいと思いましたよ。」

と言って、自分の短歌を見せた。「麦の穂は衣へだてておん肌を刺すまで伸びぬいざや別れむ」「日は紅しひとにはひとの悲しみの厳そかなるに泪は落つれ」の二首は私を驚かしたものであった。このようなりっぱな美しく巧みな歌をよむ友が、私以外にもこの故郷にいたことを喜んだ。それと同時に「おん肌を刺すまで伸びぬ」はたいへんうまいと思った。表の作品はすべて情操のしっとりとした重み温かみを内にひそませているものが多かった。ことに「君」という相対的な名詞が私の注意を惹いたのみならず、きっと「君」というからには、ラバアがあるにちがいないと思った。

表はたえず手紙をかいて女のところに出していた。そして幾人の女からも手紙をもらった。それをよく私に見せた。

「どうして君はそんなに女の人と近づく機会があるんだ。」

と、私は寂しい思いをさせられながら訊ねると、

「女なんかすぐに友達になれるよ。君にも紹介してやるよ。」

と、わけもなく言った。

「僕にも一人こさえてくれたまえ。」

などと私は思わず言うと、かれは「もうしばらく待ちたまえ。」などと言った。

ある日、表と私とは劇場へ行った。私どもは二階にいた。表はそわそわと階下へ降りたり上がったりしていたが、

「あの女はちょいときれいだろう。今手紙を送ったんだ。あす返事が来るよ。」

などと、頤《あご》で掬《しゃく》って、桝を指した。そこには女学校に通うているらしい十七八の桃割れ[43]の、白い襟首と肥えた白い頬とが側面から見えた。すぐよこにお母さんらしい人が坐っていて、前の方には、この城下町の昔から慣例《しきたり》のようになっている物見遊山に用いられる重詰めの御馳走

がひらかれてあった。

「どうして手紙を渡せるんだ。あそこへ君は持って行ったんじゃなかろうが。」

「なあに君、たいがいの女は手紙をうけ取ってくれるもんだよ。」

「だってあの女の人が、お母さんに言いつけたら君はどうするんだ。」

「言うもんかね。大丈夫言いはしないよ。そんな頓馬《とんま》なことを言ったらあべこべにお母さんに叱られるばかりだよ。ほらこっちを向いたろう。手紙を読みたくてしようがないんだよ。」

実際、色白な娘が、そしらぬ振りをしながら、こっちをときどき盗み見た。私ははっとしたが、表は落ちついていた。どちらかといえば不思議なような、それでいて馴れやすい目をもった女は、私よりもやはり絶えず表に注意をしながら二階の方を素知らぬふりで幾度も見た。

「このつぎの幕間に僕はあの女を呼んで見せるよ。僕の近所の女なんだよ。向こうだって知っているに決まっている。」

「だって呼ぶってどうするんだ。向こうにお母さんがついているじゃないか。」

「まあ見ていたまえ。」

と、表らしく落ちついて、次の幕のハネるのを待つように言ったので、私はその娘の桃割れと派手なつくりのお太鼓とを見つめていた。そのおとなしそうで内気な女が、いま私の傍にいる友の手紙をうけ取ったということさえほとんど奇蹟的であるのに、表が彼女を呼んで見せるということが、これまた信じることの出来ない不審なことであった。表は女性にたいしては無雑作であるようでいつも深い計画の底まで見貫く力をもっていることは実際であった。かれは決してきむすめ以外には手出しをしなかったし、生娘なればたいがい大丈夫だとも言って居た。

「駄目な時には初めっから駄目なんだ。向こうが少しでもいやな顔をしたり、手を握らせなかったりしたら、どんなに焦っても駄目さ。そんな奴はやめてしまうさ。それになるべく美人の方がやりいいね。」

「なおむつかしいじゃないか。」

と、私は問い返した。

「きれいな女は二三度引っかかっていなけりゃ、子供の時分から人にかわいがられているから馴れていてやりよいのさ。」

と表は真面目な顔をした。

「そんなもんかなあ――僕はその反対だと思っていたんだ。」

私は表の言葉の中に、本当なところがあるような気がした。

「だから美人はたいがい堕落する――僕の経験から言っても、わるい女はきっと刎《は》ねつけるようだね。」

私だちがひそひそ話しているうちに、幕が引かれた。表は騒がしい埃の立った桝の方をじっと凝視していたが、急に立って廊下の方へ行った。そして女の桝からやや隔れた桟敷の囲いのそとに永く立っていた。私は胸に鼓動をかんじながら見ていると、女はお母さんと何か話をしいしい表の方へ目をやっていた。表は右の手を自分の膝のところで、妙に物を掬《すく》うような恰好をして、一種の秘密な手招きをやっていた。女は私の目にも判るほどおろおろした、落ちつかない様子で、ぼんやり引き幕をながめたり、また急に表の方を気にしたりしていた。それらの態度の狼狽《うろた》えた内気な、それでいて、怖れに充ちているのが、私には限りなく優しいものに見えた。表は表で、他の見物にそれと分りかねるような、狐憑《きつねつ》きのような手招きを執拗につづけていた。そのうち女はもうどうにもならない様な中腰になってまで、しばらく躊躇《ためろ》うていたが、ふと立って廊下の方へ出て行った。なりの高い頸の細い女であった。そのとき表もすぐ娘の出て行った廊下へうろたえて行った。

私は娘が立った瞬間から、頭にかっと血が上ったように、呼吸さえ窒《つま》るような昂奮をかんじた。そして、すぐ表のそばへ行って見たいような気がした。何だかあの娘がかわいそうな気がしたりして、もう坐っていることができなかった。私は立って階下へゆこうとしたが行ってはいけないようにも思われるし、行かなければならないようにも思われ、自分でないほどふらふらと目まいまでが仕出した。

そこへ表がかえって来た。れいの優しい目つきで、しかもどこか昂奮したらしい少し震《ふる》いを帯びた声で、

「もう仲善しになってしまったんだ。見ていたのかい。」

「うん。すこしばかり――話をしたの。」

「明日ね。さっきの返事をよこすって言っていた。」

私は黙り込んでいた。表も私を前に置いてああまでしなければよかったというような顔をして、気まずく黙っていた。そして、

「君にも紹介するよ。」と、気休めらしく言ったが、私はわざと黙って、席についた桃割れをじっと見ていた。女がいますこし前に表と話したりしたという事実が、ああも手早く簡単に行われたということが、ほとんどあり得べからざるもののように思えた。烈しい嫉妬をかんじながらも、あまりの不審さと余りに奇蹟的なのに私は呆れ返っていた。

女はつぎの幕間には、ときどき表の方を向いてはそれとなく微笑して見せたりした。表はそんなとき思いきった大胆な微笑を送った。それがいかにも開け放しで、つき込んだ微笑であった。私は心の中でますますひどい寂しさをかんじた。私より表は柔らかい輪郭と優しい目とをもっていることなども、いつも思うことながら私の気をますます鬱ぎ込ませた。

私達は芝居を見るとすぐに別れた。

表の眼だけを見ていると、そのいつも近眼鏡の下に温和しく瞬いていて子供のように円々してそこに狡猾さも毒々しさもなかった。わけても縁日や劇場でああまで大胆に女に接近するさまは、不審すぎるほど不審で、いつも一歩も仮借しなかった。

あるとき、劇場などで、わざわざ娘らしい女の坐った足に躓いて見せて、

「どうも失礼しました。」

と、白々しく、しかも丁寧に詫びると、かえって対手が赤くなって、

「いいえ。」

と、はにかむと、かれはいつもその隣席へ割り込むのであった。そして、幾時間も一しょに坐っているうちに、かれは実にたくみに話しかけては対手の心をだんだんに柔らげると、いつの間にか手を握るところまで、図々しく衝き込んでゆくのが癖であった。傍によその人が注視していても、それにはまるで気に懸けないで、ほとんど無智なほど大胆で巧妙であった。

かれは、いつも眼鏡のそとから、じろりと秋波めいたものを送るとき(彼は私と対談しているときも嫌な横目をした。)何かしら厭らしい淫猥な、陰険な気持ちを含んでいた。しかも彼が私と同じい年頃であるに拘わらず、その長い髪を真中から分けているところや、気のきいた帽子をかむっていた点は、私の学生じみた恰好よりも、ずっとませ込んでいた。

私は表の「君」という相対語の意味がだんだん解りかけていた。それに一方嫉妬をかんじながらも、私は何かしら彼が懐かしかった、別にかれが「女を紹介する。」と言っても、紹介しもしなかったが、そのもの柔らかな言葉や、詩の話などが出るごとに、あの悪魔的な大胆な男が、よくもこうまで優しい情熱をもっているかと思うほど、初々しいところがあった。それに詩作では全く天才肌で、何でもぐんぐん書いて行った。(数年後私は上京したときK・K氏が表は全く驚異すべき天才をもっていたということを聞いた。)

かれは子供のときから印刷工場に勤めていたといわれていたが、私と知るようになってから、

もうどこへも勤めに出てはいなかった。かれは私と同じように毎日机にむかって、姉に保護されていた。

寺のことはたいがい父がしていた。本堂に八基の金燈籠《かなどうろう》、観音の四燈、そのほか客間、茶室、記帳場――総て十二室の各座敷の仏画や仏像の前には、みな燈明がともされていた。それらは、よちよちと油壺と燈心草とをのせた三宝を持った父が、朝と夕べとの二度に、しずかな足袋ずれを畳の上に立てながら点して歩くのであった。寺へ来る人々は、よく父の道楽が、お燈明を上げることだなどと言っていた。それほど父は高価な菜種油を惜しまなかった。父自身も、

「お燈明は仏の御馳走だ。」と言っていた。

しかし境内の二基の瓦斯《ガス》燈は、ときとすると下男のいないときは、いつも私が点さなければならなかった。

私が読書などしていて午後五時ごろになると、もう父のお燈明配りが始まっていた。幾十年来点しつけているその手つきは枯れたものであった。新しい燈心草を土器に挿すと、油壺は静かに寛くその土器にそそがれ、そしていつも点火された。それは実に静かで、いかにも清浄な仕事で私は見ていていつも感心していた。

襖々がすーと音がして開いたり閉ったりすると、足袋ずれが次の室から次の室へと遠のいて行って、そのたびに、一つ一つの室に新しい燈明がぱっちりとあかるく点されてゆくのであった。

それを見ていると、まだそとが明るいけれど、もう晩になったような気がしてくるのであった。

私はよく夕方境内を歩くことがあった。幾抱えもある大きな栂が立っていて、どんなに雨が降ってもその根元を湿《うる》おすことがなかった。その下に迷子の墓碑があって、子供が道に迷ったりすると、この墓碑に祈願すれば、ひとりでに子供の迷うている町が判るといわれている苔蒸したこの墓碑は、いつも私が佇《たたず》んだり凭れたりするに都合がよかった。

廓《くるわ》に近い界隈だけに、夕方など、白い襟首をした舞妓や芸者がおまいりに来たりした。桜紙(44)を十字にむすんだ縁結びを、金比羅さんの格子に括《くく》ったりして行った。その縁結びは、いつも鼠啼《ねずみな》き(45)をして、ちょいと口で濡らしてする習慣になっているらしく、私はその桜紙に口紅の烈しい匂いをよく嗅ぎ分けることができた。そのうすあまい匂いは私のどうすることもできない、樹木にでも縋《しが》みつきたい若い情熱をそそり立て、悩ましい空想を駆り立ててくるのであった。

私の幼年のころ川から拾い上げた地蔵尊は、境内の堂宇《どうう》に納まっていた。私はそこへゆくといつも姉を思い出した。姉は間もなく隣国の越中へ行って、永く会わなかった。あの小さい姉とこの地蔵尊のお祭りをしたことも、いつも、そのころ建てた流れ旗や三宝や仏器が今もこの堂宇に納まっているのを見ると、私が寺院に貰われて来たことにも、みな深い因縁があるように思われた。行方不明になった母は、死んだと言う人もあり、まだ生きているという人もあったが、死んだ方がたしかに事実らしかった。父が法名をかいてくれて仏壇に納めてあった。父が法名をかいてくれた日を命日として、私は心まで精進していた。

いろいろな噂をとりあつめると、私の母は派手なところがあって、虚無僧《こむそう》(46)が塗《ぬ》り下駄をはいてお城下さきを尺八をながしてあるくのを見ると、若い母は、その翌日は虚無僧と同じい黒塗りの下駄をひっかけた。そういう小さな例からも、私はあの落ちついた母にそういう軽はずみな若いときがあったかと、かえって嬉しそうにしている姿を目に見るようで不快ではなかった。私が養家さきから、ひっそりと会いに行って、つい寝込んでしまった母の膝のふれ心地のよかったことも、ずっと頭の奥の方に、いまも温かにふうわりと残っているような気がするのであった。私は地蔵尊のそばへゆくと、それらの果てしない寂しい心になって、いつも鬱ぎ込むのであった。私は人の見ないとき、そっと川から拾い上げた地蔵尊の前に立って手を合わせた。母を祈る心と自分の永い生涯を祈る心とをとりまぜていのることは、なぜかしら川から拾った地蔵さんに通じるような変な迷信を私はもっていたのである。自分が拾いあげたという一つのことが、地蔵さんと親しみを分け合えるように、幼年の時代から考えた癖が今もなお根を張っているのであった。

参詣人のなかにはもう見知り顔もできていた。あるじが長い航海に出ているのを平穏無事にと祈願しにくる中年の婦人は、いつも静かな、温かい母親の示すような挨拶をいつも私にした。そのひとは、いつも手を合わせて、永い間、懐中から手帛《ハンカチ》につつんだ写真をとり出して、それを膝の上にのせては低い声で何か祈りながら、板敷きの上に坐っていた。毎日、毎日、まるで印刷にしたように午後になるとやってきて、二時間あまりも坐ってお詣りしてゆくのであった。時には、父におみくじを引いてもらって、海上生活が安穏であるかどうかということを見てもらっていた。もう三十をよほど越した人であったが、内気なような皮膚の美しい人であった。

それから中婆《ちゆうばあ》さんの手癖のよくないのもいた。その中婆さんはいつも他の参詣人のいないとき、たとえばお昼《ひる》飯のころとか、午後の四時近いときかに、たくみに参詣人の途絶えたとき、賽銭箱の錠を開けることが非常に上手であった。それは、一本の釘を錠穴から挿し込んで、逆にねじあけると、いつも容易に開くのであった。

その中婆さんは、すぐ裏町に娘と二人で住んでいて、いつもやって来ては、あり金を掻き集めて持ってゆくことが、私にはよく判っていた。あるとき私は、わざと錠に釘をつき込んだとき、本堂の内部からガタガタ音させてそれとなく注意したが、ひょいと本堂の内部を窺うだけで、やはり錠を開けはじめたのであった。二三度顔も見知っていたので、年寄りを責める気にもならず、と言って、記帳場（寺の事務所）へ告げる気にもならなかった。一つには中婆さんに娘もあったせいもあった。娘はせいの高い堅肥《かたぶと》りのかなりな器量をもっていた。東京へ逃げて行ったこともあり品行も悪いという評判であったが、それとは反対に瑞々しい若さ美しさに富んでいた。

毎月十八日のお観音の祭日には、きっと親子揃ってお詣りにやってくるのであった。そして二人とも揃いも揃った一種の盗癖をもっていたのである。中婆さんはいつも手近に落ちている銅貨をたくみに膝頭に敷き込んでは、ふくら脛《はぎ》のあたりへ手をやっては、袂へ捩《ね》じ込んでいた。それは、たとえ隣によその人がいても、ちょっとの隙に礼拝するように板敷きの上へ額をこすりつけている間に行なわれるので、たいがいの人には判明《わか》らなかった。

私は記帳場の重い板戸の節穴から、すべての参詣人が何をしているかということが、よく眺められるのを幸いにして、よく彼《か》の娘を見ることができた。彼女は中婆さんのすることを横目でちょいちょい見ていたが、すぐ自分の左の膝から二三寸前の方に落ちている銅貨に、たえず気を奪《と》られているらしく、いくども横目でじろじろ見ていたが、急に膝の下に敷き込むということもなかったし、まさか、この美しい娘がわずかなものを掠めとるということも考えられなかった。彼女はもう十九か二十歳に見えたほど大柄で、色の白い脂肪質な皮膚には、一種の光沢をもっていた。その澄んだ大きな目は、ときどき、不安な瞬きをしていた。

私はそのとき彼女の左の手が、まるく盛り上がった膝がしらへかけて弓なりになった豊かな肉線の上を、しずかに、おずおずと次第に膝がしらに向かって辷《すべ》ってゆくのを見た。指はみな肥りきって、関節ごとに糸で括ったような美しさを見せていて、ことに、そのなまなましい色の白さが、まるで幾疋かの蚕《かいこ》が這うてゆくように気味悪いまで、内陣の明りをうけて、だんだん膝がしらへ向かって行った。彼女の手がその膝がしらと畳との二三寸の宙を這うようにしておろしかかったとき、彼女は鋭い極度に不安な、掏摸《すり》のように烈しくあたりの参詣人の目をさぐって、自分に注意しているものが居ないということを見極めると、五本の白い蛇のように宙に這うていた指は、その銅貨の上にそっと弱々しくむしろだらりと置かれた。と同時にその手はいきなり引かれて、観音の内陣の明るい燭火に向かって合掌された。

私はそれを見ていて息が窒るような気がした。心持ちからか、彼女はすこし蒼ざめたような頬をして、その合わせた左の手が不自然な、柔らかい恰好をして握られると、いきなり袂の中へ飛び込んだ。なぜ、ああいう美しい顔をしているのに、小さな醜い根性が巣くっているのかと、私はじっと見ていた。――彼女はそういう手段で幾度も幾度もやったが、だんだん機敏に、いきなり目的に向かって、さきのような不必要な細心さや周到な注意を払うことがなかった。

また、誰もこの美しい娘が小さな盗みのために坐っているとは思えなかった。私はこのことは記帳場へは話をしなかった。記帳場ではよくありがちなことであるから大概は意見をするだけで、見て見ぬ振りをするのが多かったからである。

それから二三日後、私は記帳場から何気なく境内の門のそとの道路を見ていると、一人の若い女が門のうちへ入ってくるのが見えた。そして私ははっとした。それは十八日の晩の女であったから私は驚いたのである。私はすぐにある不吉の場面を想像した。そしてすぐに例の秘密な節穴から彼女を監視することにした。

彼女はさっぱりした姿で、紅い模様のある華美《はで》な帯をしめていた。彼女はいきなり板敷きの上に坐ると、あたりを見回した。格子の内部は暗い内陣になっていたので、そこを透かして誰か居るかと見ていたが、こんどは境内を見渡した。夏のことで暑いさかりの参詣人も途絶えて、湧くような蝉時雨が起こっているばかりであった。彼女は一本の釘をとり出した。そして母親のする通りに錠穴から挿し込んで、逆にねじあげると、錠はかっちんと鳴って、賽銭箱から離れた。彼女は自分でその音に驚いたように非常に蒼白い顔をして、あたりを丁寧に見回した。誰か不意に参詣人が来はしないかという懸念や、本堂の内部から見ていはしないかという心配に、何者かのけはいに聞き耳を立てていたが、その白い手は夥しく震えているのが私の方からも見えた。その指はすんなりと長くて肥って、一本一本の関節がうす紅くぼかしたようになって小さいかわいい靨《えくぼ》さえ浮いていた。

私はそのとき、どうしたはずみであったか、板戸に額をふれさせたので、重い板戸がことんと音を立てた。そのとき、彼女はびっくりしていきなり板戸の方を凝視した。ちょうど私の覗いている節穴の正面に、しかも一生懸命になっている烈しい恐怖におそわれた、ありとあらゆる不安をあつめた彼女の大きな眼は、むしろ凄艶な光をたたえてじっと私の額に熱い視線を射りつけたのであった。私はすぐ節穴から離れようとしたが、そうすれば節穴が明るい記帳場のひかりを透かすであろうと思って、わざと不動《じっ》としていた。それに節穴が非常に小さかったのと、あたりがやや暗い堂内であったために、すぐ彼女はそのしつこい視線を解いた。私は膝頭が震えて、からだが、すくみ上がるような堅苦しい息窒りをかんじた。彼女は誰も見ていないと知ると、こんどは、賽銭箱から一銭二銭の銅貨や五銭の白銅、または紙にくるんだのなどをすっかり小さな女持ちの、紅い美しいガマ口におさめてしまった。ガマ口に容れきれないのは、別に紙につつんで帯の間にはさみ込んだ。そして、また、がっちりと錠を卸して、あとをも見ずに寺を出て行った。そのせいの高いすらりとした後ろ姿は、その紅い帯とともに私の目にいつもありありと描き出された。

私はそうした彼女の行為を見たあとは、いつも性欲的な昂奮と発作とが頭に重なりかかって、たとえば、美少年などを酷くいじめたときに起こるような、快い惨虐な場面を見せられるような気がするのであった。それと一しょに、彼女があした仕事に夢中になっている最中に飛び出して行って、彼女をじりじりと脅かしながら、そのさくら色をした歯痒いほど美しい頰の蒼ざめるのを傲然と眺めたり、または静かに今彼女のしている事はこの世間では決して許されない事であり、してはならないことであることを忠告して、彼女がこころから贖罪の涙を流して泣き悲しむのを見詰めたりしたら、どんなに快い、痛痒い気持ちになることであろう。そしてまた彼女が悔い改めて自分を慕って、しまいには自分を愛してくれるようになったら、自分はきっと寂しくないにちがいない。そうでなくとも、彼女の弱点につけ込んで、自分はどんな冒瀆的なことでもできるのだなどと、私は果てしもない悩ましい妄念にあやつられるのであった。表なれば、きっとこんな時彼女を脅迫してしまうにちがいない。そしてすぐに自由にしてしまうにちがいない。

私は板戸をはなれて記帳場へくると、執事の年寄りが彼女が盗みをしたかどうかということを訊ねた。四五日前に来たときにも、どうも素振りがあやしいし、あの女のきた日は賽銭がすくないなんて言った。私はそのたびごとに「何もしなかったようですよ。この間はきっと出来心ですよ。あんな女のひとが盗みをするなんてことはありません。」

と言って、決して言わなかった。

「そうですか。ともかくもいい塩梅です。わるいことをされるとこっちで黙っているわけにゆきませんからね。」

と年寄り達は言っていた。

しかし彼女はますますはげしく、ほとんど毎日のようにやって来た。しまいには記帳場でも厳しい監視をしていたが、やはり彼女に疑いはかかっていても、彼女であるということが判らなかった。そういう話のでるたびに、

「きょうも怪しい男が本堂のところに休んでいましたよ。どうもおかしい奴だった。」

と、私は見もせぬ作りごとを言っておいた。

「そうですか。気をつけなければいけませんな。」

と年寄りは不安そうに言っていた。

しまいに父までが、

「このごろは少しもお詣りがないのか、あがりがないようだね。」

と記帳場の帳面を見ながら言っているのをきいて、私ははっとした。年寄り達もふしぎがっていた。だんだん何だか私が盗んでいるような、やましい気がしてならなかった。ことに記帳

場の手前もあったので、私が盗んだように思われるのが厭だったので、彼女があり金をそっくり持って行ったあとに、私はそれほどの金高をあとから小遣いのなかから割いて、こっそりと賽銭箱に入れて置いたりした。その何より一番困ることは、賽銭の性質上、すべて銅貨でくずして入れておかなければならないことであった。そのために、よく向かいの花売りの店でこわしてもらっては、そっと入れておいた。その効果はすぐに現われた。記帳場の年寄りは、

「このごろ来なくなったようですよ。本当にいい工合だ。」

と言うのを聞いて、私はひとりで苦笑した。しかし、ここに困ったことは三日や四日はゴマ化したものの、毎日そう小遣いが私になかったために、父に毎日のようにこの間から貰っているので、言いにくかった。と言って賽銭箱の方を打っちゃって置くわけにもゆかなかった。ある日、父の金簞笥の中から少額ではあったが、銀貨や銅貨をとり出した。簞笥の中は紙幣やら銀貨やらで、だらしなくなっていたので判りそうもなかった。味をおぼえて次の日もこんどは紙幣の束からそっと幾枚かを抜き出した。そしてくずしては例の箱の中へ入れておいた。私は重い金簞笥に手をかけるときその金具ががちゃがちゃ鳴るのを気にしながら、いつも人の善い父の微笑を思い出した。ことに、少年として過分な小遣いを貰っているのに、いつも小言一つ言わないで呉れる父を、私は私の盗みをするときにのみ「済まないな」と切にかんじた。しかし私にはそうするよりほかに方法がなかった。それは彼女の盗みの埋め合わせばかりでは無くなって、だんだん自分の用途にも使うようになっていた。ノートや青いインキ壺などが、次第

に私の机の上を新しく賑やかにして行った。

そとでは毎日彼女はやって来た。

いつも午後三時ごろの、日ざかり過ぎの静かな埃っぽい時、彼女のやや明るい紅い帯が、そのすっきりした高い姿とともに寺領の長い廊下の中に現われた。私はそんなとき、すぐに「困ったたな、また来たな。」と心でつぶやいた。その一面にはなんだか永い間待っていた人が来たような気もした。しかし私は彼女の盗みを記帳場へは絶対に知らすまいと思っていた。一つはかわいそうでもあるし、また、そういうことが知れたら決して彼女は寺へ来られなくなるだろう。来なくなるということは、私にとってはいまはかなりに寂しいことであった。そうかと言って彼女の仕事の最中に飛び出して叱責する勇気はなかった。また一方にはそうそう父の金簞笥に手をかければ、しまいに発見するにちがいない。私はどうしていいか分らなかった。内と外とで示し合わせたような盗みが行なわれているのが、私には実に堪《たま》らない苦しさであった。彼女さえ盗みをしなければ、私は勿論ああいう盗みをしなくていいのだ。とさえ思うようになった。何だか、ときには女の人にとり縋《すが》って姉にたいするような甘えた心持ちで、それを訴えて見たいような、まるで子供らしい考えに耽《ふけ》ることもあった。

私はある日、彼女のやって来る時刻に、一通のてがみを書いて、それを賽銭箱の中へ入れて置いた。そうすれば、金と一しょに辷り出てゆくにちがいないし、出れば読むに決まっていると思った。それは、「あなたはここへ来てはいけません。あなたの毎日せられたことはお寺にみんな知れているから、この手紙を見たらもう来てはいけません。」と書いたのだ。私はそれを箱の中へ入れてからも、これを見たら彼女が来なくなるだろうという寂しい心持ちになった。そして入れなければよかったと思い、とり出してしまおうかと、落ちつかない心持ちになった。しかし時間はもう彼女のやってくる時に迫っていた。私はれいの板戸のところで、くらやみから這い出てくる蚊をはらいながら待っていると、彼女はやってきた。そして、もうすっかり馴れた手つきで素早く釘をつっ込むと、錠はあいた。そして箱をしずかになめに傾けると、一方の錠のあいた方から、銅貨や銀貨がぞろぞろと辷って出た。そのとき、私の入れた手紙が出た。「田中様に」とかいておいたので、彼女はひと目見るなり、さっと顔を赤めた。私はれいの節穴から一心に見詰めていた。恐ろしい好奇心に瞳を燃やしながら、彼女の一挙一動を見逃すまいとして——かの女は顔を赤めた瞬間、すぐに稲妻のような迅速な驚愕を目にあらわしながら四辺《あたり》を見回した。見るうちに彼女の手や膝頭や、それらの一切の肢体が激しく震えた。彼女はおそるおそる手紙をとると、その瞬間、一種の狡猾な表情と落着きとを現わして、表と裏とを見くらべたりして封を切った。読んだ。その刹那彼女の眼は実に大きく一時にびっくりしたような色をおびた。そして読み終わるとすぐさま手紙を懐中へねじ込んで、まるで蹴飛ばされたように急いで雪駄をつっかけると突然《いきなり》駈け出した。寺の門のところでちょっと振りかえって見た。これは本当に二分間もかからなかった間のことである。

私はそのうしろ姿を見ていて、非常に寂しい気がした。私はああするよりほか仕方がなかったのだ。彼女は驚きと極度の恐怖との中に駈け出したのだ。あれで彼女が正しくなれば私の書いたことはよかったのだ。彼女は怨んでいるにちがいなかろう。これより永く彼女が寺へくることになれば、私も同じ苦しみ盗みの道に踏み迷わなければならないのだ。

私は「なぜああいう美しい顔をして、ああいう汚ないことをしなければならないか。」ということを考えたり、また、ああいう手紙をかいたものが私であるということを知っているだろうかなどと考え込んだ。しかし私は自分の持ち物をそっくり棄ててしまったような術ない寂しさに閉ざされはじめた。しかし私はその日から父の金箪笥に手をふれることをしなくなった。幸い私のやったことは判らなかったので、私はいつかは父に謝まる時があるだろうと、それきり、あの重い箪笥のそばへも寄らなかった。

私は間もなく、毎時、彼女のやってくる午後三時ごろになると、境内をあちこち歩いたりして、もうあれきり来なくなったのを非常に寂しく感じた。小さくお太鼓に結んだ紅い帯地の模様を、時々、あたまの中で静かに考え出しては、ぼんやり栂の老木の根元にしゃがんで、二時間も三時間も高い頂に登ったり下りたりしている蟻の行列を眺めたりしていた。私はなぜ、彼女にああいう手紙をやって注意したのか、なぜ、あのまま彼女を毎日寺の方へ来させておかなかったのか。しかしだんだん考えると、うちのものに見つけられるより私が発見したのはよかったのだ。私はどうにもならないやきもきした感情で永い間、来もしない彼女の姿を門内の長廊下や、堂前の板敷きの上に描き出して、白いえくぼのある顔や、盛りあがった坐り工合を想像した。そういうとき、私は一言も話したことのない彼女との間に、ふしぎに心で許し合ったようなもの、お互いの弱点をつき交ぜたものが彼女との隔離を非常に親しく考えさせた。

私はどうかしてもう一度彼女を見たいと思った。ああいう手紙をやったものが私であるという卑しい報告によって、明らかに彼女の胸に私が救い主であることを善解させたいと思った。その一面には、彼女が自分の悪事を看破られた理由から、あるいは、私をかえって憎々しく考えるにちがいないという不安もあったが、ともかく、私はもう一度彼女を見たいという欲求に燃えた。

彼女は私たちの町のすぐ裏になっている、お留守組町に住んでいることを私は知っていた。加賀藩の零落《おちぶ》れた士族の多く住んだ町で、ちょうど彼女の家は前庭のある平屋で、それも古い朽ちはてた屋根石のあいまあいまには、まだ去年の落葉を葺き換えない貧しい家であった。小さい柴折戸《しおりど》(47)のような門構えのなかは、すももと柘榴《ざくろ》とが二三本立っていて、柘榴の小さいやつが実りはじめていた。

家のなかはしんとしていて、台所口の水の音がちゃぶちゃぶしていた。私はそのとき、すぐ胸がおどおどして直覚的に彼女が台所に居るような気がした。水を何かにかける音がざあーとすると、こんどはタワシでごしごし桶のようなものを洗っている音がした。私はすぐさま、あの白い餅のように柔らかい靨穴《えくぼ》のたくさん彫られた手を思い出して、あたまのそこまでしんとしてその美しい形や円みを描いた。

彼女がうちにいるという事実をたしかめるに有力な証拠としては、紅い鼻緒の立った籐表《とうおもて》の女下駄が、日ぐれどきの玄関のうす明りに、ほんのりと口紅のように浮かんでいるのを見たとき、たしかに家にいるということが感じられた。それは、あの紅い鼻緒の下駄をいつも彼女がはいては寺へ参詣にやって来たからであった。堂前のだんだんにいつも脱いであるのをほとんど私は毎日のように眺めもしていたし、あざやかに私は頭にきざみ込まれていたからである。

台所口に格子の小窓がついていて、そこに黒い濃い束髪《そくはつ》が動いているのを見たとき、疑いもなく彼女であることを知った。私は胸がわくわくするのと、音を立てないで通りに立って居るのとで、膝がしらがぶるぶる震えるのを、おさえるようにしていたが、砂利に下駄が食い込んでがりがりと音を立ててしまったので、はっと汗をかいた。そのとき、彼女はふいと小窓から通りを見て、私の立っているのを見ると何だか顔色をかえたように思われた。それがいかにも賽銭箱をこじ開けたときの彼女とは、全く別な美しい顔であって、その大きな目さえ、厳格に正面から私を瞠めたのである。

私はその大きな、艶透《えんとう》な目の光を感じると同時に、いくらか肉肥りした姿のよい鼻と唇と、多血質な美しい皮膚とを射るように視線のなかに感じた。それらの喜ばしい艶やかな雑作は一瞬の間に、彼女が卑しい盗みをやったことを思わせたが、やはり、そのときは別な、美しい女性としての威光をもって、ぶしつけに垣のそとに立っている私を譴責《けんせき》するもののように思われた。私は一目見たいという望みが充たされたばかりでなく、彼女のこころよい皮膚の桜色した色合いがしっとりと今心にそそぎ込まれたような満足をかんじた。「あの人の盗みをしたことと、あの人の美貌とは決して係っていない。あの人はいつまでも美しい。そして盗みはみにくい。別々なものだ。」と私は考え込んだりした。そしてまた「あの人は美しいから盗みをしても不快ではないのだ。美しい手で錠をこじあけたから私は惹きつけられたのだ。」——私はそういうことを考えながら、そっと柴折戸を離れた。私はそのとき要垣《かなめがき》(48)の朱い葉を二つ三つ千切った。その深い茜に近い朱色な葉ッ葉のなかにも、彼女の皮膚の一部を想像することができたからである。

　私は裏町から通りへ出て、犀川のへりの方を歩いた。磧の草叢は高く茂り上がって、橋の腹にまでとどいて、水は涸れ込んでいた。鉄橋の方はほとんど岸もわからないほどの一面の草原になって、涼みかたわら歩く人も多かった。私はそれらの景情にひたりながらも、さきから引き続いた女の幻影を、こんどは、かえり途にもう一度見たいという執念強い要求のもとに縛りつけられて、私はまたあの裏町へ歩いて行った。

　間もなく彼女の家近くまで来ると、胸さわぎと同時に急に早足で歩かなければならないような、足は足で、別に命令されたもののような歩き方をしてゆくのであった。そこの柴折戸の前までくると、いきなり玄関の格子戸が開いて、彼女はどこかへ外出するらしい他処着《よそぎ》をして出かかるのと、私の眼とぴったりと突き当たった。私は思わず赤くなって目を伏せると、彼女はにっと微笑したように思われた。気のせいであったのか、それとも一種の幻惑の種類であったのか、ともかく、彼女の厚い脣もとから鼻すじへかけて、深い微笑の皺《よじ》が綟れこんだ事は実際であった。それと同時にいきなり柴折戸のところへやってくるので、私はいそいで、今来た道へ引き返すような様子をした。彼女は隼《はやぶさ》のように柴折戸をあけると、私と反対な道へ行った。ふりかえると、もう一町もさきへ行って、向こうからも振りかえった。

私はあんな手紙などやらなければよかったような気がし出した。そして彼女の弱点につけ込んでゆくような卑しい恥ずかしさが度を増して、彼女が町角をまがって見えなくなってしまったあとで、ひとりで顔が赤くなった。

寺の記帳場では、

「近頃ちっとも彼《あ》の女が来ないようですね。あの人が来なくなってから、間違いがなくなったが、やはりあの女は怪しい――。」と記帳の年寄りが言った。

「だって僕が幾度も隙見をしていたけれど、怪しいことがなかったんだもの。」

と言っておいた。しかし心の内では、年寄り連が私のああした仕事を知っているらしくも思われたりして、いつも、いい加減に座をはずすのであった。

私は机に向かっているときでも、よくあの女の皮膚の一部や、粗雑なだけ親密になれるような物腰、それとははっきり判らなかったが、印象の深い微笑などがあの日から目にうかんで来て、我知らず、お留守組町まで用もないのに歩くことがあった。たとえば、玄関先の雪駄の紅い鼻緒にしろ、要の若葉の朱いのにしろ、その前庭の土の工合までが、一つ一つ懐かしいもののように目に触れてくるのであった。ことにああいう盗みなどをするという大胆さの底の底には、きっと優しい、私の心を容れてくれるものが湛えられているように思われた。

私はその日もふらふらと釣られるように彼女の家の前までくると、家の内部は寂然として、気のせいか女の声らしい話しごえがしているようであった。前の庭はきれいに掃いてあって、柘榴の蔭にはおいらん草が裏町の庭らしく乏しい花をつけているのが、わけても今日はなつかしく眺められた。しずかな家の内部はいかにも彼女の温かい呼吸や、血色のよい桜色した皮膚に彩色せられたように、そこに何ともいわれぬ温かい空気が漂うているように思われた。

いつまで立っていても、人のけはいがしないので、私はすごすご去ろうとするとき、庭の石のところに、糸屑を丸めたのが打ち棄てられてあるのが、その紅や白の色彩とともに、ふいと目にとまった。それがどういう原因もなしに、ふいとほしくなり出した。しかしそこまで這入るときはどうしても柴折戸を開かねばならなかったので、私はしばらく考えていたが、急に柴折戸をそっとあけた。柴折戸はべつに音も立てなかったので、私は十歩ほど忍び足になって、糸屑を拾うことができた。

糸屑はいろいろな用にたたないのを丸めてあったので、彼女を忍ぶよすがもなかったが、そのふわふわした筋ばった小さい玉を、握りしめて見ると、何かしら一種の女性に通じている心持ちが、たとえば無理に彼女の手なり足なりの感覚の一部をそこに感じられるように思われるのであった。その糸屑を拾うときにほとんど突然に玄関先に脱ぎすててある紅い緒の立った雪駄をほしいような気がしたのは、自分ながら意外であった。何ということなしに、その雪駄の上にそっと自分の足をのせて見たらおもしろいだろうという心持ちと、そこに足をのせれば、まるで彼女の全身の温か味を感じられるように思われたからである。私は子供のときから姉の雪駄をはいてはよく叱られたものであるが、それよりも、もっと強い烈しい秘密な擽ぐったいような快さが、きっと私が雪駄に足をふれさせた瞬間から、私の全身をつたわってくるにちがいない。ちょうど、踵からだんだん膝や胸をのぼってきて、これまで覚えたこともない美しいうっとりした心になるにちがいないと、私は雪駄をじっと怨めしく眺めたのであった。それに誰でも男は女の下駄を思わず引っかけて見たい一種の好奇心があるように、私の場合では、籐表のところで思うさま手を擦って見たいような、も一つはその雪駄を緒は緒、表は表、裏は裏という順序にばらばらに壊して見たいような惨忍に近い気持ちが、また、ふいに顔を出して来たりした。

も一つ心の奥からの悪戯の萌しかけたのは、ともかく私がこの庭まで忍び込んだという証拠として、また、その事実を彼女に何かしら知らしめたいということから、彼女の雪駄を片足だけ（私はこの場合両方が決して欲しくなかった。）盗んでみたらとさえ思うようになったのである。それは一つには私があの雪駄を盗んでも、それはきっと彼女に発見されても、許して貰える理由をつかんでもいたし、また彼女としてそれを叱責しないような気もするのであった。

玄関には格子戸が閉っているので、それを開ければきっと音がするに定まっているし、音がすれば誰か出てくるにちがいないという不安があった。私はどうして格子戸を開けたらいいかということを考えた。それに人通りのすくない裏町であるとはいえ、やはり途切れながらも通る人があった。そういうときは、やはり散歩する人のようにゆっくりと歩いて見せて、人が通って行ってしまうと、いそいで私は玄関の内部を窺うた。そこには紅い緒の雪駄が、もはや雪駄以上な別な値のあるもののように、べつな美しい彼女の肢体の一部分を切り離して、そこに据えつけてあるような、深い悩ましい魅力をもって私を釘づけにしたように立たせるのであった。

私はそのとき、何者かがいて急に私に非常な力を注ぎこんだような戦慄を感じながら、あたりの人通りに注意した。ちょうど途絶えたその隙に私は何者かから背後から押し込まれたように柴折戸を辷り込んで、そっと玄関の格子戸に手を触れると、私はまるで雷に打たれたような震えが全身に荒い脈搏をつたえたのを知りながら、少しずつ格子を開けはじめた。格子戸は思ったよりも静かに、特に軋むということなく二寸三寸と開かれて行った。もう私の小さな体軀をよこにして這入れるようにまで開けると、私は素足になって玄関の中へ這入りこんだ。そとは異なったひいやりした湿り気のある涼しい空気と、庭のたたきの冷たみとが踵裏から全身につたわってきて私はなお烈しい慄えをかんじた。私は見た。そこにあった紅い緒の雪駄を──いきなりそっと摑むとほとんど夢か幻の間に格子をするりとぬけて庭から、柴折戸を渉《わた》って外へ出た。そのとき柴折戸に着物が引っかかったので無理に引いたので、柴折戸はやや高い軋るような音を立てた。私はそのときほとんど眼まいを感じながら一散にかけ出した。

寺へかえると、私は懐中から女雪駄をとり出した。まだ新しい籐表のつやつやしたのであった。私はそれを凝乎《じっ》と見詰めていると不思議にこの雪駄を盗み出したことが、非常に恐ろしい罪悪のようにしばらくでも持っていてはならないような、追っ立てられるような不安と焦燥をかんじ始めた。まるでそれは一つの肉体のような重さと、あやしい女の踵の膏《あぶら》じみた匂いとを漂わした。私はそれを懐しげに眺めるというよりも、自分がなぜこういうものを盗む気になったかということを考えた。私は机の下に入れて置いたが、ふいと父にでも見つけられてはと思い、こんどは縁の下の暗いところへ蜘蛛の巣と一しょに押し込んで置いたが、その暗いところにありありと隠されてあるのが目にうかんで落ちつけなかった。私はしまいにはどうしてもこの雪駄を持っているうちはじっと落ちついて坐っていることさえ出来なかった。

私の心はだんだん後悔しはじめた。どんなに彼女が捜していることだろう。そしてもし私のしたことだと判明すれば私は彼女と同じい罪を犯したも一般だ。私は恐ろしくなりはじめた。私は縁の下からまた取り出して土を払って、そっと懐中へ入れて、また寺を出て行った、彼女の家の前へ来たのは、ほとんど前に忍び込んだときとは一時間ほどの後であったので、家の中はやはり寂然としていた。私はそっと柴折戸から入って、玄関へ雪駄をそっと挿し込むように入れて置いて、すぐに通りへ出た。さきの位置に雪駄を置くときは、格子を一尺近くあけなければならなかったので、私は犬でもいたずらしたように見せるために、すぐ閾《しきい》のよこに置いたのであった。奥のたたきの上には、つれに離れた片方の雪駄が寂しそうにひとりで、やがて来るつれを待っているように取り残されていた。

私はそののちしばらく外出をしないで、室にばかり籠っていた。ほとんど自分でも予期しない、ああした発作的な悪戯をしてからというものは、たえず外出をすれば何者かに咎められるような気がして仕様がなかった。だんだん日が経つにしたがって、私のああした悪戯が真実に行なわれたかどうかということさえ疑わしく思われた。

もちろん彼女はもう寺の前をも通らなかった。私は父を本堂へ上がるときに手を引いたり、茶の湯の水汲みをやったりしていた。寺にはあやしい御符という加持祈禱《かじきとう》をした砂があってよく信者がもらいにやって来た。わずか五粒か六粒ほどずつ紙につつんで、清い水で嚥《の》むと、ふしぎに憑きものや、硬ばった死人が自由に柔らかくなるという薬餌《やくじ》であった。私はそれを見るごとに不思議な気がした。

もう一つは「おくじ」をひきに来る女が多かった。この市街でもかなり名のある日本画家の中年の母親は、いつも娘の縁談があるごとに、父に会いにきて、そして「おくじ」を引いて判断してもらっていた。その娘は有名な美しい娘であった。いつも母親と一しょにお観音にお詣りにきた。奇体なことには、この古いお城下町は古くから仏教信者が多かった。それは年寄りばかりではなく、若い娘をもつ母親は、もう娘の六つか七つの時にお寺詣りにつれてあるいて、娘らのこころに信仰を築きあげることや、宗教が女の生活に最も必要なことを教えたり、あるいはお寺詣りに拠ってそれらを暗示したりしていた。その画家の娘は実に凄いほど色の白い、どこか肺病のような弱々しい悩ましさを頬にもっていた。

母親はいつも父に、

「こんどの嫁入り口はたいがい良い方なんでございますが、念のため『おくじ』を引いて下さいませんか。」

と言って父に「おくじ」を引かせた。父は本堂から下りて来て、

「おくじにあらわれたところは、あまり思わしくないんですけれど、あなたさえよければお嫁入りさせたらいいでしょう。」

と言った。それは画家の妻がもう三年越しに娘の幸福な嫁入り口をさがして歩いて、いつも「おくじ」を引くと凶が出るので、父も気の毒に思ってそう言ったのであった。

「まあ、おくじが悪いんですか。」

と言って彼女はいつも失望したばかりではなく、せっかくの縁談も中止するのが常であった。私はいつもあの「おくじ」一本によって人間の運命が決定されるばかばかしさと、それを信ぜずにいられない母親のかたよった心を気の毒に思っていた。

「あの人はおくじを引きにくるけれど、おくじを信じることができない人だ。」

と父が言っていた。

私は先月父にこんなことを「おくじ」に引いてもらった。あたるかあたらないかを私自身で

はっきり見たいためもあった。

「東京へ送った書き物がのるかのらないかを見て下さい。」と。

父は本堂から降りて来て、

「出る。たしかに出る。」と言った。なんだか父が私が失望しはせぬかという懸念のためにいい加減に言われたような気がした。

「本当ですか。どんな『くじ』なんです。」

「旭の登るが如しというのじゃ。」

と言って、竹の札（くじ箱にはそれが百本入っていて、一本ずつ振ると出て来る。その偶然が人々にとっての運命になっている。）を見せた。それには文字通りの「上吉」が出ていた。

そして私の詩が印刷された。私はそれから信じきれないうちにも、時々信じるようになっていた。神秘に近いものがいつも「おくじ」に現われているようにさえ思うのであった。米の相場師[49]などがよく朝早くやって来た。「吉」が出ると、

「買っていいんですな。本当にいいんですな。」

と血眼になる人もあった。「おくじ」に出たとおりにやって儲かった人は、よく大きな金燈籠や真鍮の燭台や提灯などを運んでお礼まいりに来たりした。

若い芸者などはよく縁の有無を判断してもらいに来た。父は、どんな人にも口数をきかなかった。要領だけ言っていつも奥へ這入ることが多かった。

そのころから十年前に寺の庫裏から失火して、屋根へ火がぬけたことがあった。まだ宵のくちであったから、火はすぐに揉み消すことが出来た。けれどもあとで気がつくと父の姿が見えなかった。捜すと父は本堂の護摩壇《ごまだん》で般若経《はんにやきよう》(50)を誦《よ》んでいた。と目撃した人は、「あの小さいお上人さんがまるで鐘のような声でお経をよんでいたのは本当に凄かった。」とあとで言っていた。

「お前お茶をあがらんか。」

と、父は私の読書している室へ呼びにくることがあった。寂しいほど静かな午後になると、そういう父も寂しそうにしていた。

「え。ごちそうになります。」

父の室へはいると相変わらず釜鳴りがしていた。父はだまって茶をいれて服ませた。それに羊羹などが添えられてあった。父は草花がすきで茶棚には季節の花がいつも挿されてあった。

「お前も早く成人しなければいかん。」

などと時折に言った。

私は父の顔を凝視するごとに、この父もきっと世を去るときがあるにちがいない。それも近いうちにあるにちがいないという観念をもった。そしてなおつくづくと父の顔を眺め悲しんだ。父の立てた茶は温和にしっとりした味わいと湯加減の適度とをもって、いつも美しい緑のかぐわしさを湛えていた。それは父の優しい性格がそのまま味わい沁みて匂うているようなものであった。

父はいつも朱銅の瓶かけを炉のほかにも用意してあった。大きさから重さから言っても実にりっぱなものであった。父はいつも、

「わしが死んだらお前にこの瓶かけを上げよう。」

と言っていた。そして時おり絹雑巾で朱銅の胴を磨いていた。私もほしいと思っていた。

(父の死後、私はこの瓶掛けを貰った。いまはこの郊外の家の私の机のそばにある。)


表の評判は悪かった。表が劇場や縁日を夜歩きをすると、町の娘らは道を譲るように彼を避けるほどになっていて、みな、うしろから指をさしながら、この優しい不良少年を恐がった。女学校などでもたいがい表の名前が知れていたらしかった。

そのころ、表は公園のお玉さんという、掛け茶屋の娘と仲よくしていた。藤棚のある小綺麗な、噴水の池が窓から眺められる茶店で、私もよく表につれられて行った。お玉さんはメリンスの前垂れをしめていて、表とはいつのまにか深い交際をしていた。

よく表と二人で散歩のときによると、

「きょうはお母さんが留守なんですから、ゆっくりしていらっしゃいましな。」

などと言った。表はそういうとき、

「そう、では露助にもらった更紗をM君に見せてあげなさい。M君はあんな布類が大変すきなんだから。」

「そうですか。ではお見せしますわ。」

と言って、いろいろな布類のはいった交ぜ張りの、いかにも娘のもつらしい箱をもって来たりした。ちょうど露西亜《ロシア》の捕虜がいるころで、みんなこの茶店へ三時の散歩にはやって来たもので、なかにひどく惚れこんでいるのもいた。

「これなんぞ随分きれいでしょう。」

それは真正《ほんと》のロシア更紗で、一面の真紅な地に白の水玉が染め抜かれてあった。なかにはこまかな刺繍を施した布面に高まりを見せた高価なハンカチなどがあった。それから古い銀の十字架細工のピンなど、実にりっぱなものが多かった。

表はそんなとき、

「戦争にゆくのによくこんなハンカチなぞ持っていたものだね。やっぱり露西亜人はのんびりしているね。」

と言った。私は、

「そして捕虜がいつも来るんですか。」とたずねると、

「え。散歩の時間になりますといらっしゃいますの。」

と言って、表に気をかねてお玉さんは黙った。表はそんなとき不機嫌にしていた。そして午後三時ごろになると表はやけな調子で、

「もう三時だ。散歩の時間だ。かえろう君。」

と、表は嫉《や》け気味な皮肉を言って出てゆくのであった。まだ十七になったばかりのお玉さんは、何か言いたいような可憐な寂しい目をして送っていた。表がここでビールをのんでもいつもお玉さんが家の前をとりつくろうてくれて払わせなかった。

私はお玉さんが非常に表を愛していると思った。あのおどおどした目つきが、いつもの表の一挙一動ごとにはらはらしているさまが見えたからである。そしてああいう可憐な娘にはいつも非常に愛される質を彼はもっていた。やり放しのようで、それでいて、いつも深い計画のもとに働くのは表の巧みな、女にとり入る術であった。

ある日のこと、表の不在中、警察から高等刑事(51)が来て、表の平常の生活を調べて行ったりした。そして巡査がやって来て、夜あまり外出させてはいけないと母親に言って行ったと、あとで表は笑いながら言っていた。けれども表はやはり縁日や公園へ行ってはお玉さんを誘い出したりして、永く夜露に打たれたり、更けて帰ったりしていた。

ある日、表をたずねると、かれはすこし蒼いむくんだような顔をしていた。そして、

「君、僕はやられたらしい。」

と私に言った。

「肺かね。しかし君はからだが丈夫だから何でもないよ。気のせいだ。」というと、

「そうかなあ——。」

そして私どもはよくお玉さんのところへ出かけた。もう私はビールの味を知っていた。私ど

もにお玉さんを加えて、時々黙って永い間坐っていることがあった。そんなときは、きっと表がお玉さんと二人きりで話したいという心になっていることが、私にももう判るようになっていた。

そんなとき、私だけはさきにかえった。お玉さんは坂の上まで送ってきたりした。

「またいらしてくださいましなね。」

「ありがとう。表はからだをわるくしているようだから、ビールをあまりすすめない方がいいね。」

「ええ。私もすこし変に思っていますの。時々厭な咳をなさいますもの。」

「だいじにしてお上げ。さよなら。」

「さよなら。」

と別れた。

そういう日は、表は黙って拝むような目を私にしていた。私はなぜだか表の弱々しい一面が好きであった。あの大胆な女たらしのような男に、何ともいえない柔らかい微妙な優しさがあるのを私は恋に近い感情をもって接していた。私は晩など、お玉さんによく握られたらしい彼の手を強く握ったものであった。柔らかいしかし大きい手であった。

私はかれの病気は真正の肺であることを疑わなかった。頬がだんだんに赤みを帯びて来るのが不自然であり、その徴候でもあるらしく思った。

かれは「文庫」で短篇を発表していた。

「晩などよく呼びに来るんだよ。口笛を吹いてね。」

と表はお玉さんが呼出しにくるのを嬉しそうに言っていた。あの西町の静かな裏町の夕方などに、表の家の前を往ったり来たりして口笛を吹くお玉さんの下町娘らしい姿を私はよく浮き彫りにするように、心で描いて見た。それに表はお玉さんができてから、よその女にはあまり目をかけなくなっていた。こういう二人の間のやさしい愛情を私は詩のように美しい心になって考えていた。決して妬ましいという心など微塵も起こらなかった。ああいう可憐な女性によって、あの友の顔までが心と一しょに美しくなるようにさえ思われるのであった。

ある日、私は久しぶりで表をたずねた。かれは奥の間に床をとって臥せっていた。

「とうとう床についてしまった。」

と青い顔をしていた。わずかの間にかれは非常に瘠せ衰えていた。

「今朝ね。もう柿の葉が散り出したのを見て、非常に寂しくなってしまった。」

と言った。

庭には鳳仙花《ほうせんか》がもう咲いていた。

「君がねようとは思わなかった。当分外へ出ないんだね。」

「しばらく養生するつもりだ。今死んではたまらない。もっと色々なものを書きたくて耐らない。」

と力強く言った。脣ばかりが熱で乾いて赤く冴えていた。

「お玉さんは知っているのかい。君の臥たことをね。」

「いや知らないらしい。でね。夕方などよく呼びにくるんだよ。口笛が合図になっているんで、床にいてもはらはらするの。出たいけれど出られないしね。母の前もあるしね。」

「お母さんは知らないのか。」

「感づいていないらしい。すまないけれど君が会って僕のことを話してくれないか。」

「じゃ今日帰りによってあげよう。」

私は凝然と狭い庭をながめていた。そして心の中で柿の葉が散ったのを見て寂しくなったという友のことを考えた。

私どもはしばらく黙っていた。

「僕はどうしても死なないような気がするんだ。死ぬなんてことがありそうもないようにね。」

表は私の顔をじっと見た。弱い精のつきたような眼の底に何かしらぎらぎらと感情的な光を見せていた。私はそれには答えないで黙っていると、

「君はどう思うかね。死の予期というものがあるだろうか。」

「さあ。僕はいまどうと言って言えないが、死の瞬間にはあるだろうね。」

「死の瞬間——死の間際だね。」

とかれはまた考え沈んだ。かれはまた永い間経って言った。

「僕はお玉さんのことを母に言おう言おうとして言えないよ。僕はあのことを言わないで置き

たいのだ。母にも姉にも心配をかけ通しだからね。」

私も時々表のお母さんにいっそ言った方がよかないかと考えたが、やはり言い出せなかった。表の顔を見ると決していえないような気がした。いろいろな自由な生活をした放埒さがどうしてもお母さんにいまさら表に女があるといえなかった。

「そうね。言わない方がいいね。知れる時には知れるからね。」

「知れる時には知れる――」

と表は口ごもって神経的に目をおどおどさせた。私は表がほとんどこの前に会ったときよりも、非常に神経過敏になったことや、少しずつあの大胆なやり放しな性格が弱ってゆくのがだんだん分って来た。

私は間もなく暇《いとま》を告げて立ちかけると、

「明日来てくれるかね。」

「明日はどうだか分らない。来られたら来るよ。」

「来てくれたまえ。臥せていると淋しくてね。待っているからね。」

と、私の顔をいつもにもなく静かではあったが、強く見詰めた。私はややうすくなった友の髪を見ると、急に明日も来なければならないと思った。

「きっと来るよ。それに『邪宗門《じゃしゅうもん》』(52)がついたから持ってくるよ。」

「あ。『邪宗門』が来たのか。見たいなあ。今夜来てくれたまえ。」

表は急に昂奮して熱を含んで言った。

「明日来るから待っていたまえ。じゃさよなら。」

「きっとね。」

私は街路へ出ると深い呼吸をした。

公園の坂をあがりかけると、もう蟬の声もまばらになって、木立が透いて見えた。私はお玉さんの茶店へよった。

折よくお玉さんが出て来た。私は何かしら顔が赤くなったような気がした。いつも会っていたけれど一人のときはすくなかったからである。

「いらっしゃいまし、よくこそ。」

とお玉さんは、なめらかな言葉で言った。しばらく見ない間によけいに美しく冴えた顔をしていた。

「表はとうとう床につきました。きょう寄ってきたんですが――そう言っておいてくれとのことでした。しかし大したことはないんです。」

と私は言った。

「まあ。わたしもそんな気がしておりましたの。そしてひどいことはないんでしょうかしら。」

「え。しかしだいぶ痩せました。」

私どもはしばらく黙っていた。突然お玉さんが言った。

「やっぱりあの病気でしょうか。あの病気はなかなかおらないそうですってね。」

「十に九までは駄目だと言いますね。しかし表君はまだそれほど心配するほどでもありませんよ。」

お玉さんの目ははや湿っていた。生一本な娘らしい涙をためた美しい目は、私の感じ易い心を惹いた。そして女は涙をためたりする時に、へいぜいより濃い美しさをもつものだという事を感じた。

「こんどはいついらっしゃいますの。」

「明日もゆきます。お言伝《ことづけ》があったら言って下さい。」

お玉さんはややためらっていたが、

「どうぞね。おだいじになすって下さいと言って下さいまし。わたしもお癒りになることをお祈りしておりますから。」

私は表とお玉さんの交情が、あたかも美しい物語りめいたもののような気がして、私の表に対する懐しい友愛は、とりもなおさずお玉さんを愛する情愛になるような気がするのであった。二人をならべて見るとき、私のかたよった情熱はいつもこの二人をとり揃えて眺めることに、より劇《はげ》しい滑らかな愛をかんじるのであった。

「あなたは本当に表を愛しているのでしょうね。」

と私は思わず言った。そしてお玉さんが顔を赤めたとき、言わなくともよいことを言ったと思った。

「ええ。」

と、お玉さんは低い声ではあったが、心持ちのよい声で言った。そして、

「うちのものがうすうす知っていて、ずいぶんなことを言いますけれど……。」

私は力をこめて、

「表はいい人です。永くつきあってあげて下さい。」

「ありがとうございます。」

と涙ぐんだ。

私は間もなく別れを告げた。藤棚の下の坂道を下りかけると、見送っていたお玉さんがいそいで走って来て、そしてもじもじしながら、

「あの――わたしお願いがございますの。」

と低い声で言った。

あたりはもう暮れかけて涼しさが少し寒さを感じさせるほどになっていた。お玉さんはぴったり私により添って、

「いちど逢わして下さいまし。」

と、思い詰めたように言った。彼女の顔から発散する温かみが遠い炭火にあたるように、私の頬につたわった。それに烈しい髪の匂いがした。

「それは私も考えているんですけれど、表はそとへ出られないし、あなたは公然と訪ねて行けませんしね。」

「ほんとに私わがままを言いましたわね。ごめんなさいましね。」

彼女はじっと地べたを眺めて言った。その細いきゃしゃな襟首がくっきりした白さで、しずかに呼吸につれてうごいた。

「わたし、わるうございました。失礼します。」

と、彼女は坂を上って行った。重い足どりが坂を下りて行く私にきこえなくなると、私は何気なく振りかえると、お玉さんは停まって私の方を見送っていた。その愁わしげな姿は私をして胸をおもくした。

私は翌朝、父に表の病気の一日も早く全快するように誦経《ずきょう》してくれるよう頼んだ。父は、法衣《ころも》を肩にまきつけながら、

「あのお人かい。そりゃお気の毒だ。お経をあげましょう。」

と言って本堂へ上って行かれた。私もじっと父の誦経が降るようにきこえる下の壇で、一心に静かに祈っていた。どうにもならない病気とは知りながらも、なぜかよそから力が加わることを信ぜずには居られなかった。父の枯れ込んだ腹の底からな声は、古い本堂の鐸鈴にひびいたりした。厳そかな一時間がすぎた。

父は本堂を降りて来られた。その顔は憂わしげな、なにか不吉なものの予言に苦しめられて

いるようであった。

　父は言った。

「おいくつかね。」

「十七なんです。」

「実はね。お経中にお燈明が消えてしまったのじゃ。その方はむずかしいようだね。時々そういうお燈明のきえたことがあるが、そんなときはむずかしいね。」

　と、父は私の顔をみつめた。

「ほんとうでしょうか。」

「疑いなさんな。」

　と言葉少ない父は次の茶室へ這入って行った。私は信じていいか悪いか決める事ができなかった。午後、私はしきりに表のことが考えられて仕方がなかった。病み衰えた蒼白い顔が目にうかんだ。それが静かに室の隅の方で私の名を呼んだ。「室生君」という声がきこえた。私はすぐに友を訪ねるために外へ出て行くのであった。

　私は果物をすこし買った。

　友の家の前で私は永い間、聴き耳を立てて何事か起こってはいはしないかと窺うていたが、家の中は寂しく静かであった。ときどき力のない咳の音がした。私はその音をきくと、とんと胸を小衝かれたような恐怖をかんじた。やはり悪いのだなと思いながら入った。

表は私の顔を見ると嬉しそうに、飛びかかるように言った。

「よく来てくれたね。今朝から表の方で下駄の音がすると、君が来てくれたのかと幾度も幾度も立ちかけたんだ。――君はいま表でじっと内の様子をきいていたろう。下駄の音が突然やんだので分ったよ。」

私はぎくりとした。けれども嘘はいえなかった。

「ずいぶん過敏になっているね。」

と私は表のお母さんが座をはずした隙に、

「昨日お玉さんに会って話しておいたよ。」

「そう。ありがとう。」

と、表は私から報告される言葉を期待しているように、目をかがやかした。

「あの人は君を愛しているね。君がねていると言ったら、だいじにして呉れるように言っていたよ。」

表は黙っていた。

「でね。いちど逢いたいって――僕は何だか気の毒だった。ほんとに優しい人だね。君は仕合わせだ。」

「でも女はわからないよ。心の底はどうしても分らないよ。」

「でも君の人は君を心から愛しているよ。感謝したまえ。」

表はいつかしたような疑い深そうに、自分の手を見つめていたが、

「僕だって愛されていると思うが、なぜか信じられなくなってね。僕はいろいろなことを考えると生きたいね。早く癒ってしまいたいね。」

「きっとよくなるよ。林檎をやらんか。」

「ありがとう。少しやろう。」

私は林檎の皮をむき出した。林檎はまっかな皮をだんだんにするするとむかれて行った。表はそれを眺めていたが、

「こんど手紙をもって行ってくれたまえ。たのむから。」

と、やや明るい言葉でいった。

「いいとも。かきたまえ持って行くから。」

「その林檎はいい色をしているね。」

「あ。」

私たちはこの柔らかい果物をたべていた。突然また表が言った。

「逢いたい気がするね。」

「よくなってからさ。」

この西町の午後は静かで、そとの明るい日光が小さい庭にも射《さ》し入っていた。私はそれを見ていたが、約束の『邪宗門』を出して見せた。

「もう出たんだね。」

表は手にとって嬉しそうに見た。草刷《くさず》(53)りのような羽二重をまぜ張った燃ゆるようなこの詩集は彼を慰めた。感覚と異国情調と新しい官能との盛りあがったこの書物の一ページごとに起こる高い鼓動は、友の頬を紅く上気せしめたのみならず、友に強い生きるちからを与えさえした。

友はこの書物をよこに置いて、

「この間短いのを書いたから見てくれ。」

とノートを出して見せた。ノートも薬が沁み込んで、頁をめくるとパッと匂いがした。私はしばらく見なかった作品を味わうようにして読んだ。

この寂しさは何処よりおとづれて来るや。
たましひの奥の奥よりか
空とほく過ぎゆくごとく
わが胸にありてささやくごとく
とらへんとすれど形なし。
ああ、われ、ひねもす坐して
わが寂しさに触れんとはせり。
されどかたちなきものの影をおとして。

わが胸を日に日に衰へゆかしむ。

私はこの詩の精神にゆきわたった霊の孤独になやまされてゆく友を見た。しかも彼は一日ずつ何者かに力を掠《かす》められてゆくもののように、自分の生命の微妙な衰えを凝視しているさまが、私をしてこの友が死を否定していながら次第に肯定してゆくさまが、読み分けられて行くのであった。

「病気になってから書いたんだね。」

「四五日前にかいたのだ。やはりその気持ちから離れられないのだ。」

私たちはまたしばらく黙っていた。表はその間に二三度咳をした。ちからのない声は、私をして面をそむけさせた。私はときどきは伝染《うつり》はしないだろうかという不安を感じたが、しかしすぐに消えて行った。

私は間もなく別れてかえった。かえるときにひどく発熱していた。

もう夏は残る暑さのみ感じられるだけで、地上の一切のものは凡て秋のよそおいに急ぎつつあった。寺の庭の菊がつぼみをもったり、柿が重そうに梢にさがり出した。けれども土は乾き切って白かった。なぜかそれらを見ていると、夏の終わりから秋の初めに移る季節のいみじい感情が、しっとりと私のこころに重なりかかってくるのであった。

秋のお講連中が三十三カ所の札所回り(54)に、よく私の寺の方へもやってきた。寂しい白の脚絆《きやはん》をはいた女連れのなかに、若い娘たちも雑《まじ》っていた。それらの連中が観音さんのお堂の前で御詠歌を誦んで去ると、賑やかで寂しいひと頻りの騒ぎが済んだあとゆえ、ことに秋らしい淋しさを感じるのであった。

私は毎日詩作していた。友が病んだ後は私一人きりな孤独のうちに、まるで自分の心と一しょに生活をするように、川近い書斎にこもっていた。

その日も表をたずねた。この友は四五日見ない間に非常に瘠せ込んで、もう臥せたきりで起き上がらなかった。

「どうかね。きっと快くなると信じて居れば快くなるもんだよ。」

と言うと、かれは白いような、淋しい微笑を浮かべた。それが自分の病気を嘲っているようにも、また私が彼の病気にかかわっていないことを冷笑しているようにも受けとれるのであった。深刻な、いやな微笑であった。

「どうも駄目らしく思うよ。こんなに瘠せてしまっては……」

と友は手を布団から出して擦って見せた。蒼白い弛《たる》んだつやのない皮膚は、つまんだら剝げそうに力なく見えた。

「ずいぶん瘠せたね。」

と私は痛々しく眺めた。

「それからね。お玉さんと君と友達になってくれたまえな。僕のかわりにね。この間から考えたんだ。」

と、かれは真摯《しんし》な顔をした。私はすぐ赤くなったような気がしたが、

「そんなことはどうでもいいよ。快くなれば皆してまた遊べるじゃないか。何も考えない方がいいよ。」

「そうかね。」

と力なく言って咳入った。

と、彼は突然発熱したように上気して、起き直ろうとして言った。

「僕がいけなくなったら君だけは有名になってくれ。僕の分をも二人前活動してくれたまえ。」

私はかれの目をじっと見た。眼は病熱に輝いていた。

「ばかを言え。そのうち快くなったら二人で仕事をしようじゃないか。」

と、はげましたが、友はもう自分を知っていたらしかった。あのような衰えようはこの頑固な友の強い意志をだんだんに挫いた。

しかし彼はまた言った。

「僕が君に力をかしてやるからね。二人分やってくれ。」

「僕は一生懸命にやるよ。君の分もね。十年はやり通しに勉強する。」

と、私はつい昂奮して叫んだ。

二人は日暮れまでこんな話をしていた。間もなく私はこの友に暇を告げてそとへ出た。そと

へ出て私は胸が迫って涙をかんじた。秋も半ばすぎにこの友は死んだ。

表の葬《とむら》いの日は彼岸に近い寂しく白々と晴れた午後で、いよいよ棺が家を出るとき、お玉さんが近所の人込みの間に小さく挟まれたようにひっそりと唯一人で見送っているのが、いじらしいその涙ぐんだ眼とともに私の目にすぐに映った。参詣人といってもわずか四五人の貧しい葬いは、長々とつづいた町から町を練って野へ出て行った。野にはもう北国の荒い野分《のわき》が吹きはじまって、黍《きび》の道つづきや、里芋の畑の間を人足どもの慌しい歩調がつづいた。

表の短い十七年の生涯は、それなりでも、かなりな充実した生涯であった。私はかれがいろいろな悪辣な手段をもって少女を釣ったり、大胆な誘惑を、しかも何ら外部から拘束せられることなく、また少しも顧慮しないで衝き進んだこともだんだん私の心の持ちようにも染みてゆくところがあった。しかしまた一面には何ともいわれない優しい友愛をもっていたことも忘れられないことであった。

葬いが済んでから、私は家へかえって寂しい日を送って行った。ある日、公園のお玉さんのところへ行ってみるような気になった。いちど行こうと思いながらも、死んだ友人の愛した女を訪ねてゆくということが、しきりに気が咎めてしかたがなかった。一つには、もう表も居なくなったら、かえってゆっくりお玉さんと話ができるという邪魔者のない明るい心持ちと、表もいろいろな悪いことをやったのだから、私があの人と交際したって構うものかという心と、も一つは、死んだ魂の前にたいする深い恥ずかしさとが、私をしてつい彼女を訪ねさせなかった。

もう公園の芝草のさきが焦げはじめて、すすきや萩の叢生《そうせい》したあたりに野生の鈴虫のなきさかるころで、高い松の群生したあたりをあるくと、自分の下駄の音が、一種のひびきをもつほど空気が透《すきとお》った午後であった。

茶店へよると、お玉さんが出て来た。そのしおらしい赤い襷《たすき》もよく冴えて、はっきりと目にうつった。

「よくいらしって下さいましたわね。」と言って、彼女はいちはやく私を見ると、すぐ表を思い出して涙ぐんだ。私も二人きりで会ったことがよけいないだけ、すぐに彼女の眼の湿うたのに誘われながら、やや胸が迫るような気がした。

私たちはいろいろなことを話した。死んだ表がたえず私だちの間に、しょんぼり坐っているようにも思われたりした。そして、いつか「お玉さんと交際してくれたまえ。君となら安心できるから。」と表が言ったことを思い出した。よそのひとなら僕は死にきれないが君となら安心できると言った表は、自分でそう言いながら寂しい顔をした。

「これから時々いらしって下さいまし。わたし本当にお友だちがないんですから。」

と、彼女は言った。人間一人の死は、私と彼女との間にはさまって、ことに娘らしい弱い彼女をだんだんに安心させて私に近づかせてくるようであった。私は私で、表の死んだのを餌にしているような心苦しさを気にしながら、なれやすい優しい女の性からくる親しみをすこしずつ感じた。

「あの方のことはもうおっしゃらないで下さいまし。わたしいろいろなことを思い出して悲しくなりますから。」

と言った。私はそれをきくと、彼女ができるなら少しでも表のことを忘れるようにつとめているのを感じた。私はそれが物足りない気がした。また一方には死んだものをいつまでも慕ていることも、しおらしい彼女にとってはしかたがないことであったが、なんだかこれまで経験したことのない妬ましさをもかんじた。

「表さんの病気はうつるって言いますが本当でしょうか。」

とお玉さんは言った。それと同時に私も表と一しょによく肉鍋をつついたり、酒をのんだりしたことを思い出して、自分にも伝染しては居ないかと、一種の寒さを感じた。

「食べものからよく伝染ることがありますね。からだの弱い人はやはりすぐにうつりやすいようです。」

と言いながらも、いつか表が咳入っていたとき、蚊のような肺病の虫が、私の坐ったところまでぱっと拡がったような気のしたことを思い出した。そのときは、なに伝染るものかという気がしたし、友に安心させるためにわざと近々と顔をよせて話したことも、いま思い出されてきて、急に怖気《おじけ》がついてきて、とりかえしのつかないような気がした。

「わたしこのごろ変な咳をしますの。顔だって随分蒼いでしょう。」

というのを見ると、はじめて会ったころよりか、いくらか水気をふくんだような青みを帯びているように思われた。そして私はすぐに表と彼女との関係が目まぐるしいほどの迅《はや》さで、二つの脣の結ばれているさまを目にうかべた。あの美しい詩のような心でながめた二人を、これまでいちども感じなかったある汚なさを交えて考えるようになって、妬みまでが烈しくずきずきと加わって行った。いまここにこうした真面目な顔をして話をしていながら、いろいろな形を亡き友に開いて見せたかと思うと、あの執拗な病気がすっかり彼女の胸にくい入っていることも当然のように思えるし、また何かしら可憐な気をも起こさせてくるのであった。また一面には小気味よくも感じ、それをたねに脅かしてみたいような、いらいらした気分をも感じてくるのであった。そうかと思うと、彼女と表との関係があったために、このごろ毎日家で責められていたり、すこしも寛ろいだ気のするときのないことや、よく表に融通したかねのことなどで絶えず泣かされることをきくと、私は「表もずいぶん酷いやつだ。」と考えるようにもなった。

「みんな私がわるかったんですから、わたしあの方のことなんかすこしも怨みません。」

と言って私を見た。

「表ももうすこし生きて居れば、何とかあなたのことも具体的にできたのでしょうけれど。」

と私は言いながらも、いつも表の感情が決して的確な地盤の上で組み立てられていないことを、ことにお玉さんの身の上にもかんじた。表はただ享楽すればよかった。表は未来や過去を考えるよりも、目の前の女性をたのしみたかったのだ。私は表のしていたことが、表の死後、なおその犠牲者の魂をいじめ苦しめていることを考えると、人は死によってもなおそそぎつくせない贖罪のあるものだということを感じた。本人はそれでいいだろう。しかし後に残ったものの苦しみはどうなるのだろうと、私は表の生涯の短いだけ、それほど長い生涯の人の生活だけを短い間に仕尽くして行ったような運命の猾《ず》るさをかんじた。

「このごろ死ぬような気がしてしようがないんですの。」

「あんまりいろいろなことを考えないようにした方がいいね。」

「でもわたし、ほんとにそんな気がしますの。」

と、女のひとにありがちな、やさしい死のことを彼女も考えているらしかった。私はまたの日を約して別れた。

十一月になって、ある日、どっと寒さが日暮れ近くにしたかと思うと、急に大つぶなカッキリした寒さを含んだ霰《あられ》になって屋根の上の落葉をたたいた。その烈しい急霰《きゅうさん》の落ちようは人の話し声もきこえないほどさかんであった。私が書院の障子をあけて見ると、川の上におちるのや、庭のおち葉をたたきながら刎ねかえる霰は、まるで純白の玉を飛ばしたようであった。私は毎年この季節になると、ことにこの霰を見ると幽遠な気がした。冬の一時のしらせが重々しく叫ばれるような、慌しく非常に寂しい気をおこさせるのであった。父は茶室にこもりはじめた。しずかな釜鳴りが襖越しに私の室までつたわって来た。「お父さんはまたお茶だな。」と思いながら私は障子をしめた。梅が香の匂いがどの室で焚かれているのか、ゆるく、遠くただようてきた。

私は夕方からひっそりと寺をぬけて出て、ひとりである神社の裏手から、廓町の方へ出て行った。廓町の道路には霰がつもって、上品な絹行燈のともしびがあちこちにならんで、べに塗りの格子の家がつづいた。私はそこを小さく、人に見られないようにして行って、ある一軒の大きな家へはいった。

「先日は失礼しました。どうぞお上がりなすって下さいまし。」

と、二階へ案内された。私はさきの晩、なりの高い女を招んだ。私はただ、すきなだけ女を見ておればだんだん平常の餓えがちなものを埋めるような気がした。

「金比羅さんの坊っちゃんでしたわね。いつかお目にかかったことのある方だと思っていたんですよ。」

と言って、小さい妹芸者を振りかえって笑った。私はいつも彼女を寺の境内で、そのすらりとした姿をみたときに逢って話したいと思っていて、こうしてやって来て、いつも簡単に会えるのがうれしかった。

「雨のふるのによくいらしったわね。」

と、彼女は火鉢の火を掻いた。この廓のしきたりとして、どういう家にもみな香を焚いてあった。それに赤襟といわれている美しい人形のような舞妓がいて、姉さんと一しょに座敷へやってくるのが例になっていた。

「お酒を召しあがりになりますの。」

と、彼女はちょいと驚いた。

「すこしやれるんだから、とって下さい。」

と、このごろ少しくやれる酒を言いつけた。

「あなたはいつも黙っているのね。」

と、女は手持ち無沙汰らしく言った。私はべつに話すこともなかったし、妙に言葉が目まいしたように言えなかった。それにこの廓町へはいると、いつもからだが震えてしかたがなかった。ことに女と話していると、その濃厚な大きい顔の輪郭や、自分に近くどっしりと坐っているのを見ると、一種の押されるような美しくもあやしい圧迫をかんじた。それがだんだん震えになって、指さきなどがぶるぶるしてくるのであった。お玉さんなどと会っていても身に感じなかったものが、いつもここでは感じられてくるのであった。

「じっとしていらっしゃい。きっと震えないから。」

と女は言ったが、じっと力をこめていてもやはり手さきが震えた。こらえれば、こらえるほど烈しい震えようがした。そこでは、いつも時間が非常に永いような気がした。たとえば女と私とが僅か三尺ばかりしか離れていないために、女のからだの悩ましい重みが、すこしずつ、その美しい円いぼたぼたした坐り工合からも、全体からな曲線からも、ことにその花々しい快活な小鳥のくちのように開かれたりするところからも、一種の圧力をもって、たえず私の上にのしかかるようで、弱い少年の私の肉体はそれに打ちまかされて、話をするにも、どこかおずおずしたところがあるのに気がついた。

「妾《わたし》ね。昨日もおまいりに行ったとき、あなたがもしも境内にでも出ていらっしゃらないかと思って、しばらく廊下にいましたの。」

「僕は奥にいるからめったに外に出たことがない――。」と、女がなんだか、ありそうもないことを言ったようで変な気がした。それにしきりに先刻から寺のことが考えられて仕方がなかった。父のことや、父を欺して貰って来た金のことなどが、たえず頭のなかで繰り返されて来て、落ちつかなかった。たとえば私のこんな遊びをしている間に、ひょっとしたことから火事でも出たら大変だという懸念や、何か特別な天災が起こって来そうに思われて仕方がなかった。ことにこんなはでな座敷のいろいろな飾り立てや、女のもって来た三味線や、業々しく併《なら》べ立てられた果物の皿などが、寺の静かな部屋とくらべて考えると、ここに坐っているだけでも非常な悪いことのような気がした。しまいには、ひとりで顔が蒼くなるほど煩さく種々なことを考え出して胸が酸っぱくなって一時も早く帰らなければならないような気がした。

「僕は今夜はすこし急ぐから。」

と言って立ち上がった。

「もっとゆっくりしたっていいじゃありませんか。あまり晩《おそ》くなるとお家へいけないでしょうが、でもまだ九時よ。」

と引き止められても、私はどうしても帰らなければならない気がして、外へ出た。

寺へ帰ると、父の顔が正視できないような、今までいたところをすっかり父が知っているような気がした。

「だいぶ遅いようだが若いうちは夜あまり外出しない方がいいね。」

と、父がやさしく言う。

「つい友達のところで話し込んでしまったものですから。」

と、逃げるように自分の室へはいるのであった。

自分の室はすぐ縁から犀川の瀬の音がするところにあった。今夜はなぜかその瀬の音までが、いつものようにすやすやと自分をねむらせなかった。私はながい間目をさましながら、もっと女のところに居ればよかったとも考えた。

「あなたのようなお若い方はおことわりしているのですが、おうちをよく存じ上げているものですから……」

というおかみまでが、しみじみした、これまでにないある種類の人情をかんじた。しかし私は座敷へ呼んで見た女が、どうしても寺へお詣りに来て、いつもちゃんと坐って熱心な祈願に燃えている有様と、まるで別人のような気がしてならなかった。その合掌して、目を閉じて頻りにすすり泣くようなこえをあげて祈っているのが、記帳場にいてもそれときき分けられるほど、鋭い艶々しい性欲的であるのに、会っていると、あれほどの刺戟性《しげきせい》もなければ美しさもなかった。それに彼女の銀杏返し[55]が本堂内で見るとき、天井から吊しさげられた奉納とか献燈とか書いた紅提灯との調和が非常によく釣り合っているのにくらべて、目の前で見ていると、ただの女のようで味気なかった。私の求めて行ったものがいつも失われているような気がした。

その結果、私はもう行くまいと考えたり、自分がああいうところに行くようになったことを非常にわるいことに考えられて仕方がなかった。

私はひとり机に向かっているときでも、いろいろな恋の詩をかいたり、または、いつまでも一つところを見て、何をするということもなくぼんやりしていることが多かった。妙にからだ中がむずがゆいような、頭の中がいらいらしくなって、たえず女性のことばかり考えられてくるのであった。たとえば自分の蒼白い腕の腹をじっと見つめたり、伸ばしたり曲げたりしながら、それがある美しい曲線をかたちづくると、そこに強烈な性欲的な快感を味わったり、自分で自分の堅い白い肉体を吸って見たりしながら、飽きることのない悩ましい密室の妄念にふけっているばかりではなく、ときとすると、新聞の広告に挿入されたいまわしい半裸体の女などを見ると、自分の内部にある空想によって描かれたものの形までが手伝って、永い間、それを生きているもののような取り扱いに心は悩みながら、快感の小さい叫びをあげながら、その美しい形を盛りあげたり、くずしてみたりするのであった。

朝々の目ざめはいつもぼおっとした熱のようなものが、瞼の上に重く蜘蛛の巣のように架っていて、払おうとしてもとりのけられない霞のようなものが、そこら中に張りつめられているようで、懶《ものう》い毎日がつづいた。

私はふらふらとそとへ出た。

霰が二三度ふってきてから、国境の山々の姿は日に深く、削り立てたような、厚い積雪の重みに輝いていた。磧の草はすっかり穂を翳《かざ》しながら、いまは、蕭々《しようしよう》とした荒い景色のなかに顫えて、もう立つことのない季節のきびしい風に砥がれていた。誰しも北国に生まれたものの感じることであるが、冬のやってくる前の息苦しい景色の単調と静止とは、ひとびとの心にまで乗りうつって、なにをするにも鈍な、かじかんだところが出てくるのであった。

向こう河岸の屋根は曇った日のなかに、そらと同じい色にぼかされ、窓々の障子戸ばかりがさむざむと水面に投影しているのが眺められた。私はそれから坂をあがって、公園の方へ出た。

冬のはじまりは公園の道路に吹きしかれた落葉にも、掛け茶屋のぴったり閉めきった障子戸にも、刈り込められた萩の坊主株が曲水のあちこちに寂しくとり残されたあたりにも感じられた。葉をふるいおとした明るい雑林に交って咲いたさざんかの冷ややかに零れた土の湿り気は、もう、いつでも凍れるような荒さを夜ごとの降霜《こうそう》や、霰にいためられながら、処々にむくれ上がっていた。

私はその疎林を透かして、やや下地になった噴水の方を見た。たたた……たたた……と水面をたたいて落ちる飛沫は、小さいそこにあるつつじの葉ッ葉をぬらして、たえまなく、閑寂な、冷ややかな単調な音をつづっていた。私はしゃがんで、表がよくここらでお玉さんとあいびきしたことを考えた。すぐ噴水のそばに彼女の家があったが、ひっそりと静まりかえった障子戸のうちは、深い山里の家のような寂しさを私に思わせた。ことにこの頃になると散歩する人もなくなっていたから、いたずらに掃く園丁の忠実な仕事振りも、ただ、そこらの道路をひとしお寂しく白々と眺めさせるのみであった。

私はお玉さんの家の前へ行った。そして「ごめんなさい。」というと、なかからひそひそ声がした。それは誰の声とも分らなかったが、なぜかしら不安な気をおこさせた。そのひそひそ声が止むと、お玉さんのお母さんが出てきた。二三度あっていて知っていた。

「いらっしゃいまし。」と言ったが、私はその母なるひとの顔を見ると、何か取り込んだ落ちつかぬ色を見た。「お玉さんは。」というと母親は私のそばへ寄るようにして、

「実は先日からすこし加減をわるくして寝んでいますので……」

といわれて、私はぎっくりした。すぐ、この前に会ったときの蒼い水気をふくんだ顔をすぐ思い出した。「うつったな。」という心のなかの叫びは、すぐに、「やられたな。」とつぶやいた。

「よほどお悪いんですか。」

「え。よかったり悪かったりして、お医者では永びくだろうと言ってらっしゃいましたが、やはり表さんと同じい病気だと思うんでございますよ。」

と言った。いくらか皮肉なところもあったので、私は、

「お大切になさい。どうかよろしく言って下さい。」

と、すぐ表へ出た。

私は途々、あの恐ろしい病気がもうかの女に現われはじめたことを感じた。私自身のなかにも、あの病気がありはしないだろうかという不安な神経をやみながら、あの小さい少女らしい可憐な肉体が、しずかに家に横臥《よこた》えられていることを考えると、やはり表のように、とても永くないような気がした。私はじっと噴水のたえまなく上がるのを見ながら沈んだ心になって、公園の坂を下りて行った。

「わたしこのごろ死ぬような気がしますの。」

とこの間言っていた言葉が、真実にいま彼女の上に働きかけていることを感じた。

〔1919年10月「中央公論」初出〕

或る少女の死まで

遠いところで私を呼ぶ声がするので、ふと眼をさますと、枕もとに宿のおかみが立っていた。

それを見ながら私はまたうとうとと深い睡りに陥ちかかった。

「是非会わなければならないと言って、そとでどなたか待っていらっしゃいます。おやすみになっていらっしゃいますと言っても、是非会わなければならないって——。」

私はゆめうつつに聴いていたが、もしやと思ってはっとした。すると、ふしぎに頭がいちどに冷たくなった。

「どんな人です。」

「眼の鋭い、いやな人です。とにかくおあいになったらどう。いらっしゃいますと私そう申しておいたのですから。」

「じゃ階下《した》へいま行きます。」

私は着物をきかえると、袂のところに泥がくっついたのがいつの間にか乾いたのであろう、ざらざらとこぼれた。

したへ降りると、玄関の格子戸のそとに、日に焼けた髯の長い男が立っていた。見ると同時に、額からだらだらと流れた血を思い出した。ふらふらして宿へかえったとき、宿の時計が午前二時を指していたことと、宿のものが皆寝込んでひっそりしていたこととを思い出した。

「あなたですか。××さんと言われるのは。」

といきなり田舎訛りのある言葉で言った。

「そうです。御用は。」

「私はこんなものです。」と一枚の名刺を出した。駒込署(56)刑事何某《なにがし》とあった。

「すぐ同行してもらいたいのです。昨夜は遅くおかえりでしたろうな。」

　私はすぐに、

「二時にかえったのです。みな分っています。いま着換えしますから。」

　と、私は二階へあがると、泥のつかない着物を押入れから取り出して着た。そして室の中を丁寧に見回した。ガマ口の金を半分だけ机の曳出《ひきだ》しに入れたが、こんどは辞書の中へ挿《はさ》み込んだ。なぜかこんなことをしなければならないような気がした。くしゃくしゃになった敷島(57)の殻を反古《ほご》籠に投げ込んで、ぬぎすてた着物も畳んだ。室が乱れていないのを見て、ほっと安心した。

　階下へ下りると、すぐ男とつれ立って街路へ出た。男は私とならんで歩いていたが、私はその顔を「見ないように」して歩いた。もう新しい朝日が昇りはじめていた。商家の小僧らが表に水をまいたり、女中らが拭き掃除をしたりしていた。

　駒込林町の裏町のまがりくねった道を、私どもは黙って歩いた。男の紺の褪めた袖がちらちらと見えた。かれは私の右に添ってあるいていたからだ。この樹木の多い緑深い静かな町のとある垣根を越えた幾本かの向日葵《ひまわり》の花が、しずかに朝日をあびながらゆらりと揺れているのが、特に山の手の朝らしく目に触れた。表の通りを白いむっちりした二の腕を露わして掃いている、若い細君らしいのが、凝然と私どものあとを見送ったりしていた。総てが静かに穏やかな、晴れ亘《わた》った夏の朝の心に充ちていた。

私は深酒したのと酷い疲れとで、あたまがふらふらしていたが、それとは反対に心はハッキリと昨夜の出来事の逐一を辿っていた。まるで蜘蛛が糸を操るように素早く、その光景を描いていた。

S酒場は団子坂[58]からやや根津[59]へ寄ったところの、とりやや、淫売屋の小路の中に、そまつな硝子戸を立てこんだ新しい建物からなり立っていて、そこの鉤形《かぎがた》になったテエブルの正面に、いろいろな酒瓶が処せまく並べてあって、そこにおかみがいつも坐っていた。おかみは目の大きな、いきなところがあったし、お世辞もよかった、というより、何よりも料理らしいものがなくて、ほんの酒専門であった理由から貧しい私など、晩食前にはつい近くの下宿からよく通って行ったのであった。そこには鶴のようにやせた十二三の女の子がいて、よくお酌をしていた。ときとするとこの少女は睡りながら酌をすることがあるほど、ひどい睡眠不足にかかっているらしかったが、睡りながら酌《つ》いでいても、特に酒を零すというようなこともないほど上手であった。たとえば上野などのあの繁華な人通りや車馬の劇しく通るところでよく睡りながら車をひく商家の小僧が居るように、それが特に自動車に轢かれるということもなく完全に役目を果たすように、この少女もときどき睡りながら、ゆめを見ながら酌をしていたのである。

この少女の二重になった目は大きく、微笑うと可憐な、どこかドストイエフスキイ[60]の中に出てくる少女によく似ていた。私などのように毎日行くものに対しても別に何もしゃべらないで、「いらっしゃいまし。」とか、「おかえりなさいまし。」としか言わないほど、黙った子であった。唯かの女をとり立てて言えば、いつも滃《こだわ》りない不断な、やさしい少女らしい微笑みをもっていたことであった。心からおかしいということが無くとも、ただ、平和な、純潔な、持って生まれたままの微笑であった。

私はこの少女を見ていると、この少女の母親のことがよく考えられた。この子のようにやはり善良な微笑につつまれた女のように、わけても自分の子供さえ手にかけて育てられない運命をもっている女のように思われた。事実、彼女の母はある飲屋に彼女を生み落とすと同時に行方不明になっていた。やはり街裏の垢じみた一室に苦しい淫をひさいでいたのであったことは、おかみからよく私は聴いていて知っていた。

おかみはこの少女をよく叱った。けれども持ち前の微笑みは、叱られながらも彼女の顔に泛《うか》ぶので、よくおかみは、

「この子はまるでばかちゃんだ。何を言っても笑っている。いやな子だ。」

と言ってよく小衝くことがあった。そんなとき、この小さな子は、

「ごめんなさいまし。」

と謝った。その大きな目は悲しそうにまたたいていたが、すぐ私たちの方を向くと、人の善い微笑が翳と一しょに自然に流れるように浮かんでくるのであった。私はその泣き笑いする目

の複雑な、その自然さにいつも惹きつけられた。ときとすると、白痴のようにさえ思われるほど、ぼうっとしたところに私は何だか大変清純なものがあるように思われた。性格的な微笑は私がS酒場へはいると同時にいつも向けられてくるのであった。それが私の方に向くと、私は私で、どういう気むづかしい時にでも、すぐ柔らかい心持ちになって、可憐な微笑に対して、つい目で微笑い返してやるのであった。

あるとき、

「お前は何かすきなものがあったら言いなさい。買ってきて上げるから。」

というと、かの女は羞かんで、れいのあどけない微笑をしながら、すぐには返事はしないでいた。

「ね。言ってごらん。」

と私はその顔をさしのぞくように言うと、

「なんにもほしくないの。私、ほんとに何も買ってほしくないんです。」

と、心で欲しいと思っても、いつも頑固に口ではいらないと言っていた。しかし時たまおつりなどがあると、そっとこの子に握らせると、嬉しそうに小さい手の中で揉んだり撫でたりしていた。

こんな親しみがあったので、私のみならずこの界隈の画かきなども、夜おそくまで飲んでいることがあった。

ある晩、私はふらふらこの酒場の前までくると、そこにHとOとが椅子に坐りながら飲んでいるのが見えた。止そうかと思いながら通りすぎようとすると、れいの少女がすぐ硝子戸越しに私を見つけた。

HとOとはかなりに酔っていた。Oは酔えば酔うほど酔わない振りをする男で、いつでも鵞《が》鳥《ちょう》のように喉の奥で笑うくせがあった。

Hはときどき、女の子の大きな目を見ていたが、

「気味のわるい目だ。」などと言っていた。

涼しい風がときどき通りから吹いてきたりして、私はつい深酒をしてしまった。そこへ表から躍り込んだ男がいた。大学の制帽を冠っていたが、だいぶ飲んで来たらしく胸が拡がってかなり酔っていたらしかった。

「君達に一杯あげよう。酒は一人じゃつまらない。」

と、その大学生は徳利を持って、私達について回った。こうした酒場にありがちな、だらしのない飲み仲間が得て出来るものであるが、この晩もみんな酔って訳の判らないことを饒舌りながら騒いでいた。

そこへ遊び人風な、日焼けのした、下駄のように粗雑な感じの男が、その妻らしい厭に肥った女をつれて這入って来た。間もなく酒が遅いとか何とか言って、かわいそうな少女を脅かしつけていた。そういうとき、彼女はかなりに慣れていたけれど、その目は悲しそうに寧《むし》ろ対手

を静かに慎しませるような表情をするのであった。

「早くしてくださいな。なんてのろまな子だろう。」

と、その妻らしいのも言葉を添えた。

少女は、ちらとその妻らしいのに目をくれたが、すぐまた悲しそうに「そんなに言うものじゃありません。」とでも囁くような目をした。まもなく例の微笑をたたえて奥の方へ酒をとりに行った。

「あんなに叱らなくてもよさそうだね。あの子に何のつみがあるものか。」と私はHに囁いた。

男はたえず私達の方を見ていたが、こんな酒場にありがちな、無遠慮な幾分蔑しみを含んだ視線が互いにとり交されていた。酒の癖のわるい0は舌打ちさえして、0らしい顰《しか》み面をしたりした。得てしてこの0はよくこんな見え透いたことをやった。

医科の学生は聞こえよがしに、

「弱いものさえ見ればいじめたがる奴があるものさ。」

などとやや毒気をふくんだ声で言った。すると、かれは嶮《けわ》しい目つきをしてこちらをにらんだ。

私はあの男が這入って来た瞬間から、何かしら不吉な、一種の挑み合うた相互の感情が暗々裡に次第に膨脹されるのを知った。どことなく張りつめたような、反感的な窮屈な気分が、静かに時の移るにしたがって、だいぶ危険な空気をさえ予覚させた。

私達は何か高く話していたが、どっと一時に笑い声をあげた。それがいくらか当てつけがましく聞こえたらしく、耐えかねていたように男はどなった。

「ずいぶん騒ぎやがる。」

と、すると一番酔っていた学生は、ぐっと蛇のように首をあげて叫んだ。

「騒ごうが騒ぐまいがこっちの勝手だ。引っ込んでいた方がいい。」

と言い返すと、

「もう一度言って見ろ。なまいきな。」

と、男は少し中腰になって大学生を憎々しげに睨んだ。それがいかにも図々しいゴロツキ肌[61]な、厭味たっぷりなものであった。大学生は、はっと思う間もなく、もう手に持っていた玻璃《はり》[62]の盃を男を目がけて投げつけた。

男は野獣のように毒々しく何か叫んだが、盃はかれの頭をかすめて、うしろの壁にあたって微塵に砕けた。男は「何をする。」と言って大学生に飛びかかった。二人は拳固でなぐり合っていたが、すぐ表の方へ組み合ったまま飛び出した。Hも出た。Oも出た。

すると、かれの連れて来た女は、さっきからはらはらしていたが、組み合って外へ出るのを見ると、いきなり私に飛びついた。

「あたしの旦那をどうしようとするんです。」と、まるで気狂いのように、私の胸もとにむしゃぶりついたので、私は呆れかえって、その女の生白い、きかぬ気な尖った鼻を見つめていたが、

「表です。おかどちがいです。」と、私は汚らわしいような気がして、表へつき出すようにし

た。女はすぐ表へ出て行った。私はその瞬間、凶暴な、動物的な荒い呼吸がからだのどこから吐かれるかと思うほど、ひどい鼓動を到るところに感じた。何者にむかって発せられるということのない激しい怒りが、まるで私の上からと下からとから圧してくるのであった。

私はそのとき、酒場の隅の方に小くなって恐怖にわなないている少女を見た。かの女の目はこれよりほかに大きくはなるまいと思われるほど大きく開かれて、その中にかつて見たことのない深い悲しさが顫えているのを見た。手も足もその目も、すべて小さな体軀が凝ったように動かないで、じっと酒樽の陰に踞んでいるのを見た。それは雀のようにすくみ上がっても見えたし、また別な、厳粛な、荒々しい外部を警《いま》しめている小さな怒りに燃えているようにも思えた。

酒場のそとは荒々しい土を踏む音や、土に踵の擦られるけはいや、叫びや、肉体と肉体とが揉み合ったり撲り合ったりしているような音がした。例の男の太い掠れた叫びや、金切り声をあげている女、酒場の亭主の仲裁する声などが、交錯された一瞬間に最も暴々しい生命の動物性を煽り立てた、私は表へとび出して行った。

例の大学生はむしゃぶりついてくる女を、溝際《みぞぎわ》へ押しよせていた。男はそれを見ると、火のようになって大学生に飛びついて行って、その頭蓋骨をめがけて撲りつけた。大学生はふらふらとしたが、すぐにかれの額を撲り返したが、そのとき、かれは素早く、そこにあった下駄を投げつけておいて、くらい路次《ろじ》から逃げ出した。Hはもう居なかった。何事についても自分の不利なことのきらいなかれは、もうそこらに居そうもなかった。

Oは硝子戸ぎわに立っていた。まるでかれはそこを動けなかったほど、あのゴロツキから叩かれたのであった。ゴロツキは喧嘩上手であったばかりでなく、腕も強かった。

私が酒場のそとへ、ひょこりと出かけると男はいきなり私の前に立ち塞がった。

「てめえもぐるだな。」と、凄い凶暴な、野獣のように飛びかかった。

私は先方の手をくぐっておいて、その後頭から、ほとんど覆いかぶさるようにして、仰向けに引きずり倒した。そのとき私の着物の裾がゴロツキの下駄に踏まれて、めりめりと綿類独特の裂かれる弱いようで鋭い音を立てたのを聞いた。

私はいきなりかれを溝際へ押し込んだ。偶然にそこは溝だったので、私をよい位置にした。ところがかれは溝にはまったまま、いきなり下駄で私の頭をがんとはりつけた。頭がぶんと鳴って、私は足をさらわれたようにふらふらとうしろ退さりした。そして酒場の硝子窓に凭れた。私はその瞬間、今夜は室にいて静かに本をよんで居ればいいと思ったが気が遠くなるような気がした。そこへ男がいきなり飛びかかって来た。そのとき、よこから誰か来て男の頭を太い杖で撲ったらしかった。私はハッキリした意識のもとに、うしろの硝子戸につかまりながら……男の額からだらだらと血の流れるのを見た。表は一方が空地であったために暗かったが、酒場のあかりでぼんやりであったが、その日焼けした顔の皺という皺に溝をつくって流れるどす黒いものを私はじっと見た。そしてあの杖がこうしてかれの額を割らなかったら、私はやられていると思った。

かれはふらふらと背後へ倒れかかると、その妻の手に抱かれた、かれの容貌《かお》は見る見るうちに蒼ざめて行った。

「旦那のあたまを割った奴はどいつだ。」

と、女は高い、狂い上がったように叫び立てた。

「皆さん。巡査を呼んで来て下さい。」と疳高《かんだか》い声で叫んだ。

いつの間にか群衆は一杯になって、かれのまわりをとりまいた。私はそのとき、この群衆のどよみのうちから、まるで群衆の一人のようになって、すりぬけた。それほど、人込みが多かった。私は太田が原[63]から湧く清水が、この酒場からそんなに遠くないことを知っていたので、いたむ頭をかかえながら千駄木町[64]の裏から裏へと小走りに歩いた。うしろから趁われるような、絶えざる強迫観念におそわれながら、まるで一人のさびしい犯罪者の落ちてゆくように、小路のまがり角などで、ていねいに今来た方を地べたに眼をくっつけるように透かして見たりして、尾行者の有無をたしかめた。不意に垣根のところから手が出てくるような気がしたり、また、ふと靴音がきこえて来たりした。酒はさめかかっていたが、頭の底にからみついた疼痛がずきずきして、耳は絶えず早鐘のように鳴ったり、叫びごえが、ふいときこえたりした。ことに女の引き裂けたような金切り声がありありと背後から叫び立てているような気がした。

夜は静かに更けてしっとりした雑草の囁きとともに、清水の流れのあたりには、清く澄んだ星の一つ一つが映っていた。私はハンカチを冷たい水にひたして、熱気のあるあたまをひたした。水の冷たさがあたまの熱をだんだん醒ましてゆくに従って、私は今夜の出来事をまるで一つの夢のように、ずっと遠いところにあるような気がし出した。ああして挑み合った恐ろしい光景が、その理由が何であっても決して許されるものでないことを考えると、私は烈しい後悔のために、自分の生涯を汚したような気がした。ただ、あれらの出来事にかかわっただけでも、自分のなかに悪い凶暴なもののあるのを知った。

私は永い間清水の溜りにしゃがんでいた。からだの節々はひどく痛み出して、すぐ立って歩けそうにも思われなかった。東京には珍しいこの太田が原の林のなかは、若い灌木のしげみからも雑草のくらい高まったところからも、いろいろの秋近い虫の声がしていて、もう深夜近かったので人通りさえもなかった。私はときおり新聞などで泥坊や殺人犯人などが潜伏する場所もきっとこんな夜で、こんな処にちがいないと考えると、急に大きな犯罪を負っているような重みと苦しみを感じ出した。私は過敏になって聴き耳を立てたり、人が来はしないかとくらい星あかりのしたやや白い道路のかなたを眺めたりした。

もういちど酒場へ行って見ようと思ったが、足がふらふらして行けそうもなかった。いまへたに行って詰まらない目に会ってはならないという考えと、また、いま行けば非常な不幸があるような気もするのであった。

私はしばらくして宿の方へかえって行った。どこの家もみな深く睡り込んで、それがいかにも幸福な、私にかかわっていない平和な睡りであるように思われた。私もああして、静かにねむっていられたのだと、灯のもれる二階を眺めたりした。どこかの時計が二つ打った。午前二時であることがハッキリと頭のなかに入った。遠くで鶏が鳴いた。

駒込警察署の門の前まで来ると、刑事はわざと背後に尾いて私をさきに歩かせた。私は花崗岩の厳めしい門を潜ったとき烈しい胸さわぎと辱しめとをほとんど同時に感じた。

私は小使室のところで「待っていてくれるように」と言われて、そこに腰をおろしていたが間もなく、さきの男がやって来て、

「ここへ来たまえ。」

と言って拘留室の前の、小さな床几《しょうぎ》を指さした。私はそこに腰をおろした。ふと気がつくとそこにOも来ていた。Oは私を見ると苦笑しながら、目で「とうとう来たかね。」と言うようであった。

私を見るとOは、

「昨夜からここに来ているんだ。対手が悪かった。」

と低い声で囁いた。

「私は寝込みを起こされたのだ。君が住所を言ったのだろう。」

「でもこうなっちゃ仕方がないじゃないか。」

と言った。その蒼白い、睡眠不足な顔はところどころ腫れたようになって、眼が疲れて光が

なかった。

私は黙って今まで薄暗くてよく見えなかった四辺《しへん》を見た。私たちのいる両側は厳丈な格子になっていて、ちょうど、芝居などで見る牢屋と同じだった。左の方に入口がついていて、そこに重い錠がかかっていた。それからもう一つは、食物や水を入れる口がついていた。明り窓から射す鈍い光線でよく見ると、二人ばかり拘留されているのが、時々、憂鬱な内部でむずむずと動いたりしていて、まるで檻の中の獣のように重々しく陰気であるばかりではなく、とき折、小さな控え目な咳をしたりするのが何となく不自然な気がするのであった。なぜというにその精悍な咳の音はあまりに健康で、こんな病的な暗い檻の中から起こってくるものとは思えないからであった。

この陰気な湿り気のある、蒸したような空気のなかに実に非常な沢山な蚊が群れをつくっては私を襲うた。精神的にも肉体的にも弱点を持った人間をいつもこうして襲うだろうと思われる蚊のむれは、私の足や手や顔や、そういう着物から外部へ出た肉体を目がけて、ほとんど暴君のような逞しい勢いで払っている暇《ま》もなく襲ってくるのであった。しかも憎むべきこの蚊を見分けることのできないあたりの薄暗さは、刺してしまって痒さを感じたあとでなければ、それらを追い払うことができなかった。たとえば足の一部を払っている間に、こんどは頬のあたりを刺して来たりして、苛々しい、しかしどうにもならない苦しさを感じるのであった。

私は彼の男を傷つけはしない。あの男の額を破ったものは私より別にある。しかしあの時の杖がかれに加えられなかったら私はどうなるだろう。きっと頭を割られているにちがいないと考え込んだ。そしてOの蒼い顔を眺めた。Oはだいぶさきから脚気《かっけ》で足をわるくしていたので、ぺたんこになって板敷きの上に坐っていた。

「ひどい蚊だね。」

と、Oは嗄《しわが》れたような、睡い声で言った。

「ほんとにひどい蚊だ。」

と私は心からこの小さな憎悪すべき昆虫の襲撃を呪うた。ほとんど無抵抗な条件の下《もと》に坐らされた檻の内部からも、力のない蚊をはらう音がばたばた聞こえた。それが実に衰えた寂しい音だ。

拘留室の巡査は一時間ごとに交代した。そのたびごとに騒々しい靴の音ががりがりした。黒板に私とOとの名前が記された。私はそれをふしぎにしかも別人のような心持ちでながめていた。他に拘留二、とあった。

巡査はOに檻房《かんぼう》の中に入るように言った。Oはしかめ面をしながら、小さな入口から這入りかけると、

「帯を解くんだ。」

とどなった。私は持ち物を調べられたあとになっても、別に内部へ這入れということを言わないので私はO一人入れるのは不当なようで、気の毒にも思った。

「僕も一しょに入れてくれませんか、二人とも同じい事件にかかわっているんですから……」

　というと、

「こちらに考えがあるのだ。君はそこに居ればいい。」

と、投げつけるように言った。私は唇をかんだ。そしてＯが杖でやったことを警察でも知っているんだなと思った。私はＯをじっと見詰めた。Ｏはその蒼白な頭をそとの方に向けて坐っていた。Ｏと私とは十年来の友であった。私はかれの心持ちを考えると、どんなにつらいだろうと考えた。私は看視している者の帯剣からからだを動かすたびごとに金属的な不快な音を立てるのをききながら、この役人どもがやはり優しい人並みな感情を持っているだろうかとさえ、極端な憎悪をもって憎々しく眺めた。

　私の坐っているところからすぐ廊下になって、街路の明るい日光に照らされている一部をも眺めることができた。わずか二時間あまりもこの暗いところに坐っている間に、私は街路や世間の生活が非常に遠いところにあるような気がしだした。羅宇屋《らうや》(65)や学生や、若い女などが通ってゆくのが皆楽しく明るく幸福で、しかも私どものような暗い心持ちでいる人間がこの世界に存在していないように、またそういう想像をさえしたことがないほど、みな喜ばしく歩いてゆくように思われた。ことに町家《ちようか》の屋根の上から覗いている木のゆれるのが、実に爽やかで瑞々しく美しい緑をたたえて、私の心の奥までしみ亘った。そのうららかに晴れあがった夏の午前らしい日光の鮮やかさ快活さ喜ばしさが、これまでに見たことも経験したこともない強く深い愛をもって眺められるのであった。私はその明るい芳しい日光の匂いをさえ嗅ぐようにそっと顔を街路の方へさしのぞくようにしたのであった。

　私はとてもここを出られそうにも思われなかった。たとえどういう理由があるにしても、私どもは示談ですむことを知っていたし、また私自らが加えた傷でないことも分っていたが、それらの出来事とは全然別な意味で、ほとんど精神的に病的な憂鬱な、いろいろな暗いものがよってたかって「ここを永久に出られないよう」にさえ思わせるのであった。ことにああいう明るい街路の存在が、もう二時間以内ここに坐ってからというものは、とても再び愉快にそこを考えてゆけないように思わせるのであった。

　私は私のあの静かな下宿の窓を埋めて繁った椎の葉や、落ちついて仕事をしている自分の姿を思い浮かべて、さらにこの暗い限られた世界の窮屈さをしみじみ感じた。

　そこへ一人の若い酌婦らしい女が、これもやはり鳥打ち帽をかむった刑事に連れられて入ってきた。そして、すぐ私の傍の床几に坐らせられた。

「ここでしばらく待っているんだ。」と鳥打ち帽子は荒く言って去った。

　女は垢ぬけのした、いろの白い、あだっぽいどこか酌婦らしい艶々した手足が、よく肥り込んで見えた。この女がくると同時に、一種の安っぽい香料ではあったが、それでもまるで春が来たように静かな匂いをあたりに漂わした。それからまた女の肉体から蒸せあがるような、しつこい匂いが煙を投げつけるように、すぐ隣りにいる私ににおうて来た。

巡査が来て黒板に淫売一、と書き加えた。女はそれを見ると何か口のうちでぶつぶつ言いながら、脣を結んだようにして、皮肉に薄笑いをした。それが反抗的な、執念深いような強い目つきの中にも読まれた。

監房の中のくらやみから、いつの間にかそっと猫のように這い出してきた二つの顔が、格子の間からしつこく女の方に向かって現われてきて、じっと動かない餓えた目の光が看視の隙をねらっては発せられた。一週間も二週間もこの暗いところに生活しているかれらは、ただ、それは一疋の這うものとしか思われなかった。(事実において監房は頭がつかえるほど天井が低かったとあとでOが言っていた。)かれらは水を貰うときもいつも膝頭で歩くので、いつも中腰になったりしていた。ことに女を眺めに出てきた二つの顔は、まるで這っているもののうちでも最も畸形な獣のように見えた。

女はすぐに格子のすきから覗くいくつかの目の光を、ほとんど直覚的に感じ出すと、軽蔑したような笑いを催して、これもまた格子の内部をじいっと窺うていた。これらの光景は一人の看視のからだの動くのにつれて、あるものは稲妻のように調子をかえて真面目な顔をよそおい、這うものは鼠のように音をも立てずに姿をかくした。そうかと思うとまたすぐ顔があらわれたりした。

私はまるで一枚の紙片のように白く浮いている女の素足を見るともなく見ているうちに、Oの鋭い視線を自分の額にそれと感じると、私は監房のなかのかれを見た。かれは端然と坐ってそして私を正面に見た。期せずして両方から何者を冷笑したということもない標準のない冷たい微笑をとり合わした。それは、ただ、その中に挿まれた両方の感情を直覚することによって理解された。明らかに、Oは持ち前の図々しいような目つきで、私とならんでいる女のことを、なにか囁いているらしかった。

しばらくすると、女は膝に手を置いて、しずかに居睡りをはじめ出した。その疲れた、ぐったりした餅のように乱次《だらし》のないからだは、まるで柔らかく居睡りするたびごとに、全体を少しずつ動かしていた。私はかの女がこの内部にあってもそれほど恐怖していない常習犯であることを知った。かの女にとっては、まるで一疋の鈴虫が籠から籠へ移されるより簡単に、町から警察へと生活をうつしてゆくもののように思われた。ここではあまりに見られない平和な夢がしずかにそれと感じられる優しい呼吸《いき》づかいを、私の方にすーすーと伝えてくるのであった。私は何よりも看視がこの女の夢をさまさないように、かれの帯剣や靴の板じきにふれるのを聞くごとに、自分のようにはっとした。しかしかの女の前にあらわれた一瞬のやさしい天国の光景は、なかなか彼女をさまそうとしなかった。彼女は見えざる何者かの魔手によって、ちょうど、蜘蛛の糸を引くように、おちついて静かに永く居睡っていた。

単調な、物憂い、どうにもならない時がすこしずつ移って行ったけれど、まだ私らは調べられなかった。街路の日光はしだいに烈しく、暑さはこの中にあってはずいぶんひどかった。いろいろな物売りの声がしたりした。

「君は弁当をたべるかね。自分で買うかどうか。」

と看視は私とOとに尋ねた。

「ほしくないから要らない。」と断わった。

女はわざとらしくにっと厚い微笑みをうかべると、

「おかねはあるんですから、上等なおべんとうを言って下さい。」と言った。看視は微笑して、

「よしよし。」と言った。

私は看視に、

「僕に湯か水か、願えたら茶を一杯くれませんか。」

「茶はぜいたくだ。一しょに来たまえ。湯ならあるよ。」

と小使室へつれて行った。そこに温かい大きな茶釜が湧き立っていた。

「その急須はまだ出るだろう。やりたまえ。」と深切に言ってくれた。

私は出ながれの茶を静かに味わった。うまかった。

しばらくしてOは呼ばれて出て行った。私は軽い胸さわぎを感じた。しかし私は私のしたことを正直に言うより仕方がないと思って、蚊をはらったりして待っていた。

間もなく呼ばれた。

白い服を着た剣をさげていない巡査どもがそれぞれテエブルに向かって調べ物をしているところを通りぬけて、部長室へ行った。Oは私とすれちがいに入り交わった。

部長は鈍感げな、ぶくぶく肥えた、どんよりと曇ったような声で、一枚の図面をひろげて言った。

「君はここに坐っていたのか。」

と、酒場の図面の一部を指した。

「そうです。」

「このステッキはOの所有だね。」

と言って、Oの杖を出した。それに血の斑点がついていた。

「そうです。」

「君は撲った覚えがあるかどうか。」

私はこの問題を永く考えたので、いっそ自分の責任にした方がいいと思っていた。Hも逃げて行ったし、大学生もいなかったから、結局Oか私かだ、Oは脚気で足が立たなかった。それが杖をふりあげたと言っても、私が一番健康でその加害者らしい可能性をもっていたわけだ。

「僕がやったかもしれません。しかし酔っていてしっかり覚えていません。しかしOは足がわるかったから、Oでないことは実際です。」

というと部長はじっと私の顔を見つめた。そして微笑した。

「Oも自分でやったといっているし、君もやったというが、君らは友人同士だからどちらでもいいらしいが……」とまた微笑した。

「ともかく酒はあまりやらない方がいいね。被害者は全治二週間の傷を負っている。で示談にする気があるかね。」

「私も示談にしたいと思っているんです。」

「では告訴は三日間の期限があるから、それで先方と示談したまえ。それからこんどの事件以後は許さないから、そう思いたまえ。」

と、部長は柔和な、重い調子でいって書類を二つに折った。

「承知しました。」

「どうも酒はいけないね。ことに画かきだのって連中は、酒くせがよくないね。」

と言って、

「ではもう帰ってよろしい。」とまた言った。

私は頭が軽くなったような気で廊下へ出た。そこへ呼び出されたHも新しい服などを着込んで来ていた。

私達は三人揃ってそとへ出ようとした。私はもう一度ふりかえって拘留室の暗いところを眺めた。そこに女がこちらの方をじっと眺めていた。ほの白い顔を私は一種の親しさをもって見返した。

街路は暗いところから出て行った目には、明るすぎて眩しかった。私は帽子をとって歓喜のために日光をあびた。烈しい夏の日光はじりじりと頭の地にしみ込んで、針ででも刺すように熱かった。

Oは日に皮肉に刳《えぐ》りつけるように言った。

「昨夜はさっそく逃げたね。」

「めんどうだったから。」

「おかげでひと晩蚊に食われちゃった。」と、れいの喉の奥で笑った。

私はHに、

「君はいいことをしたよ。あんなところへ君をいちど入れておく必要もあるような気がするね。君のように問題をそらすことのすきな人はね。」と私は笑いながら言った。

「僕よりOが入ってきたことはいいことだ。」

と言った。それはOは図々しいから懲りてもいいだろうという意味も交った。Oはいやな顔をした。

「誰でもあんなところへは一度だけは——一度きりだよ。入っていてもわるいことはないね。」

と私は二人を見た。HもOも、ずるそうに微笑《わら》った。

私達は先方の男の傷の治療代や、示談を開始することのために今夜S酒場へあつまることにして別れた。私とOとは駒込の浴場に入ってからだを洗った。たえまない蚊の襲撃や、汗やきたないもので体軀が一杯のような気がしていたので。

晩方、私はS酒場へでかけた。昨夜のああいう騒ぎがあったと思われないほど、道路はよく掃き清められて涼しげに打ち水がしてあった。私は地上をじっと見つめた。寂しい後悔が胸に起こってきた。そこらにまだ凶暴な呼吸が残っているような気もした。

酒場へ這入ると、おかみが出て来て、

「昨夜はおけがもなさいませんでしたか。わたし、一時はどうなるかと気が気じゃありませんでした。」

「すこし頭がいたむだけです。たいへん御迷惑をかけました。」

「いいえ。よくあることですから、それに対手は淫売屋の亭主なんですって。対手が悪うござんした。」

「私もあまり質のよい人とは思わなかったのですが……」

「この界隈でも厭がられている暴れ者なんですよ。」

「そうですか。では示談もなかなかむつかしいでしょうね。」

「金をほしがるでしょうね。」

「傷も二三日で癒るのをああして二週間なんて診断をお医者から取ったらしいのですよ。」

私は紅茶をのみながら、昨夜の出来事がかつて起こったようにも思われないほど、きちんと形づけられたあたりを眺めた。おかみが去ると、れいの女の子がでてきた。

「いらっしゃいまし。」

と私の方へきた。深い微笑をいつものように漏らしながら……。

「昨夜はこわかっただろうね。」

と私はひくい声で言った。

「わたし皆見ていましたの。あなたのおつむがどうかならなくって――」

と彼女は上目をして私を見た。

「すこし痛むが大したことはないよ。これからあんな喧嘩はしないからね。」

と私はこの小さな魂を慰めるように優しくいうと、

「え。しないで下さいね。」

と悲しそうにした。この小さい子供は私のあのときの容貌をきっとどんなに恐ろしく感じたであろう。そして人間が大きくなると何という獣に近い凶暴になることであろうと感じたにちがいないと思った。私はかの女の瘠せた肩や、手や足を見た。それらがどんなに昨夜震えながら恐怖の念《おも》いに充たされたことかと、幾分の恥ずかしさを感じた。本当にはずかしい事だ。

「あのときあんたはどんな気がしていたの。言ってごらん。」

と私は柔《やさ》しく言った。

「みなさんがお怪我をなさらないように祈っていましたわ。」

「ほんと。」

「ええ。」

と、彼女はにごらない刻みつけたような微笑をした。目はしずかに、むしろ平和にかがやいていた。

その色の白い、どこか品のある顔は澄んで、どこということもない別な神聖なものが漂っていた。

私は心でこの少女に感謝した。この小さい魂の前で私は決してああいう出来事に再び加わってはならないと心で誓うような純な感情になった。

「男のひとはみんなああして喧嘩するものでしょうか。」

「そんなことはないよ。善い人は決して喧嘩なんぞしないよ。」

と私は答えて顔が赤くなるような気がした。喧嘩した私どもはそうなると悪い人間だ。私もそれに違いない。

少女は黙って、紅茶の道具をひいてゆくと、そこへOとHとが来た。三人の頭には昨夜の事件が顔を合わすと同時に想起された。その微笑にはどこか破れたようなところがあった。

「ともかく誰か見舞いに行かなければならない――」

ということになった。私は、

「僕が行こう。」と言った。

HもOも行こうとしないことを知っているので、私がビール半ダースを提げて示談にでかけることになった。私はいやではあったがしかし今となれば、この忌わしい事件の渦中から遁れたい願いをもっていた。一日でもこの事件のために頭をいためることは不愉快でもあり、無益なことでもあったからである。

「なるべくならばだ、そのビールだけで向こうが我慢するようにして来てくれたまえ。金だとかなりやられるからな。」

とOが抜目なく言った。Hもそれに賛成した。

「どうでもビールでさよならをするんだね。」とHも言った。

「額を破っておいてビール半ダースで、けりがつけばめんどうはないがね。」と私は苦笑した。

私はともかくビールを持って、すぐ近所にあるかれの開いている料理店——といっても、ほんの小さな飲屋を訪ねた。昨夜私に食ってかかった女がでてきて、私を見ると同時に手みやげを見た。

「すこしお待ち下さいまし。」

と言って奥へ這入った。間もなく男が出て来た。額から頭一面に繃帯《ほうたい》を施した、見るからに不愉快な容貌をしていた。眼の円い小利巧相なところがあった。

「さあ。どうかお上がり下さい。」

とお世辞よく言った。私は頭の方は痛むかどうかと、私としては落ちついた丁寧な言葉で言うと、

「かなり痛みますので寝て居たのです。飛んでもない災難でした。」

と私の出したビールをじろりと横目に見たが、すぐに、

「かまわないで下さい。」

とかれは挨拶がわりに言って煙草を喫った。私は言い出し憎くかったが、

「実は警察でも示談にしたらどうかと言ってくれたのでお伺いしたのですが……」

「え。話によっては示談にしてもいいんですが、何しろ二週間も治療しなければならないんですからね。」

という言葉は明らかにそう簡単ではだめだという押しの強い、商人にも見ることのできないゴロツキ肌なところがあった。それにまた言った。

「何しろ男が額を破られたのですからね。署長が示談しろと言わなければこっちにも考えがあったんです。」

と、悪意のある冷たい調子で言った。私は非常に不愉快な、ありありと侮辱されているような気がし出した。

「失礼ですが治療代の方はどれだけ差し上げたらいいでしょうか。」

と私の言葉の終わらないうちに、向こうはもう疾くに考えてあったらしく、

「二十円は是非貰わないでは足りませんね。」

と言って私の顔をちらと見た。その視線は明らかに勝利者の苛酷な、むしろ毒々しい光を帯びていた。

私は脣を噛んだ。

「それだけ差し上げれば示談してくれますか。」というと、

「もとより私も内分に済ましたいのですから、喜んで示談します。」

といくらか私の方で承諾するらしい様子を素早く見て取って声を低く落として言った。私は刻々に募る不快さに耐えられない苛々しい気で、外へ出た。玄関のところで、

「三日以内の規定ですね。告訴は――」と確かめるように言った。

私は黙って裏町を歩いた。私は私の内に住んでいる魂までが卑屈なものになったような汚らわしさと憤怒とを同時に感じた。

OとHは私のこの報告をきくと、Oはすぐに私をなじった。

「二十円なんてばかばかしいじゃないか。拙い談判をしたものだ。」

不平らしく脣を尖らした。Hもまた私から金額を示してでも来たように取って、

「君はへただよ。そんな金があるものか。」と言った。

私は脣を噛んだ。

「金は向こうで言ったのだ。君たちは僕のせいだと思うのか。」

と、つい私は怒りに燃えた声をあげた。私は心のそこから不愉快と忍耐との爆発したものを押えてはいたものの、もう耐《たま》らないような気がした。

「そう怒るな。怒っているときではない。」

とOは持ち前のわざとらしい冷ややかな態度をとった。

私は黙り込んだ。

HとOとが酒を命じた。私はほしくもないのと、もう一緒にのみたくないのとで、一滴も口にしなかった。

「頑固だな。」とOは言った。

「頑固だ。しかし君たちのような分らずやではない――。」

と私はまた黙り込んだ。

私は頭の中で昨夜のようなことも、今夜もまた起こりそうな気がした。あの人間の霊魂を相互にどうにもならないまで辱しめ合う醜い争いや、再び回復しがたいような感情的な致命傷を闘い合わすことや、それらによって人間そのものの性格に荒い苦しみを刻みつけたり、よくない経験によってますますよくない傾きに墜ちさせてゆくことを考えると、私は慄然とした。外部からそれらの耐えがたい争いを見るとき、どんなに醜く卑しい心を人々に起こさせることだろう――私は床几に腰かけている少女を見つめた。あんな小さな子供の心にまで、われわれは動物的な争闘の瞬間を押し拡げて見せた。かの女をして鳩のように震わせたのは誰だったか。

「人はみな自分の内によくないものを持っている。」という言葉が浮かんだ。一人ずつが性格的になろうとしたりするとき、とても他を容れられるものではない。

そのときOはまた言った。

「あのビールは無駄なことだった。つまらないことをしたね。」

とHに言った。HはHで、本来は優柔な、美しい線を愛している作家であったが、酒気を帯びていたので、すぐに賛成した。

「考えるとばかばかしくなる。」とも言った。

私はこれらの言葉を聞くと、ますます物憂い低められた感情をありありと見るような気がした。しかし私も決してこの友らを責めるほどの高いものをもたない。私はかれらを責めてはならないと感じた。私の内の内なるものの醜さ卑しさこそ掘り出して責めなければならない。

——私達はその翌日、みんなで金をまとめて、料理屋へ持って行った。OとHとは、千駄木町のうらに待っていて、私が彼を料理店にたずねた。

私は金の包みを彼の男に渡すと、急にいやらしい笑顔になって、

「これで私も治療できます。御心配をかけました。」

と言って、上包みをとって内容を改めた。そこに紫色の紙幣が四枚はいっていた。かれは日焼けのした指さきで数えて見てから、もとの通りつつんで、

「では警察の方は取り下げをしておきますから。」と言った。

「受取りのしるしになるようなものを一つ書いてくれませんか。」

「あ、そうですか。」

とかれは、治療代の受取りをかいた。私はかれと別れた。HとOは、涼しい垣根に添うた樹

のかげに、私のかえって行くのを待った。私は受取り書をかれらに見せた。

「これで一段落だ。」

と、Oは睡眠不足らしい蒼い顔を私の方に向けた。

私も心が軽くなったような気がした。

しかしわれわれはただ疲労だけをおのおのに与えられただけだ。三人ともぐったりしたような心持ちで、白く光る道路を眺めたまま、しばらくぼんやり佇んでいた。まるで外からはよくないことでも相談している群れのように見えた。

そのとき、私達の前を通ろうとする一人の大学生を見た。向こうでも、叫びをあげるほど驚いた。それは例の医科の男だ。あの晩行方をくらました男であった。私たちは初めて会った人だったし、警察でもしらべがつかなかった温和な共犯者であった。

「この間の晩は失礼しました。」

というと、Oはすぐ傍へ寄って行って、

「君にちょいと話がある。」と言った。そうしてあの晩のいきさつを話した。

「そうですか。では僕も一部分の責任がありますね。出しますとも。」

と、あの晩、ひどく酔って暴れたこの人は、おとなしい性質をもっているらしかった。そして、

「実は試験中なんで本当は逃げを張っていたんです。あなた方にたいへん迷惑をかけました。」

と言って、かれは一部分の負担額を財布から抓《つま》み出した。Oはそれを受け取った。

Oは自分の住所書きを手渡したりして、

「とにかく事件は済んだのだから安心したまえ。」と言った。

学生は去った。Oは、

「負担させたもののもう事件は済んだのだからこれで一つ飲もうじゃないか。」

と言うと、Hもすぐ酒のみらしく、

「よかろう。君はどうか。」と私をかえり見た。

「僕は気がすすまない。今日はこれで失敬する。」と別れにかかると、

「一しょに来たまえ。」とOがいうのを背後にききながら、沈んだ心で宿へかえった。

私は午後から谷中《やなか》(66)の方面を歩いて、新しい宿をさがした。自分の宿にいても絶えず私は監視されているようで落ちつかなかった。ことに朝、目がさめると、鳥打ち帽をかむった褪めた紺絣をきた男が、いつも玄関に夢にさえまで現われたりして、佇んでいるような気がするのであった。

何となく不吉な経験をさせられたこの宿を越して行って静かな宿に、全然心持ちの汚れや疲れをあらためたい願望をもつようになった。椎の葉のしげみや、その葉の上にそそぐ雨は懐しかったが、それよりも、夜など、散歩から帰ったりするとき、ふいと表にれいの鳥打ち帽が立っているような気がして、落ちつくことができなかった。

谷中もやや根津の通りに近い高台の、とある坂の上に小さな離れを見つけた。室もきれいで静かで、入口も自由であった。

表は、大きな屋敷の楓ばかりの美事な垣がつづいて、静かな通りが曲って谷中の墓地や上野の方へと続いたりしていた。

私はさっそくそこへ越して行った。

一間の窓の前に小さな庭があって、鳳仙花の幾本かが田舎めいた質素な赤い花をつけていた。その他に見るものもない庭のこととて、私はその正面に机を据えた。

日暮れまでにすっかり荷物の始末をして、ひと風呂浴びてかえると、門のところに十ばかりの女の子がにこにこしながら、小さい弟と遊んでいた。貴族的な、血色のよい、品のある顔立ちであった。私はかわいらしい子だと思いながら室へはいった。

この家には私のほかに二つの家族が住んでいた。一人は年寄り夫婦で、一人はれいの女の子のお母さんの一族であった。

朝、台所で女の子のお母さんに会った。上品な、鼻の高い中年の女のひとだ。

私は引越しの挨拶をすると、向こうでもていねいにあいさつをしていた。

「子供がいるものですから、さぞおやかましいことと思います。どうか、御遠慮なくお叱りくださいまし。」と言った。

「どういたしまして。」

と私は自分の室へかえった。

朝のおそい私はおひると一しょの食事をしているとき、彼女はよく、大きな高い、女の子供

らしいはね上がるような声で、

「かあさん。ただいま。」

と言って、縁側に本をつつんである包みを投げ出すのが、毎日のように私の室にきこえてきた。そんなとき時計をもたない私はちょうど午後一時ころにあたるのをいつも知るのであった。よく庭で弟と遊んでいる声が聞こえた。

私はあの事件以後、めったに外へ出ることがなかった。ことに家の込み合った町の有様や、小さな酒場やカッフェを見るごとに、私は自分の心に痛みをかんじた。まるで犯罪者のように室にばかり籠って、創作に苦しんだり古い日記の整理などをしてくらしていた。

ときには、表へ出て通りを眺めることもあった。ことに寺の多い谷中のこととて、晩方、涼しい風に送られてよく上野の寛永寺《かんえいじ》(67)の時鐘《じしょう》がきこえた。しずかな夕方など、都会の騒音にまぎれない、しめやかさをふくんだ音色は、よくきき得られた。

彼女は弟と、も一人の男の子とで、庭のところで石をたたいては鐘の音を読んでいたりした。……いま鳴るかねは、いくつのかねじゃ、六つのかねじゃ……とお国のうたらしいのを、少女らしいあどけない、どこか鋭い哀切な調子でうたっていた。私はそれを夏もやや暮れちかい涼爽《りょうそう》な、どこか冷たみをもった空気のなかに、じっと跼《たたず》んできいていると、少年時代の微妙な生活を考え出すのであった。人間がどれだけ成長して行っても、いつも衰弱しきった、思索しつづけた心のそこにいつも湛えられているものは、あの少女のいまうたっている心境だ。それを思い出すことによって、しずかに、うっとりしてくるあのたのしい瞬間だ。

私はその小さな花のような顔を見た。敏《さと》り深い聡明な清い瞳を見た。まるで蝗《いなご》のようにはしこくデリケートな足や手や、それらが絶えず目まぐるしいほどよく運動しているのを見ると、この地上において、何者にも恐れることをしらない自由な、山嶽のなかに咲いたひとむれの花のようにさえ思うのであった。

女の子と、その弟とは、人懐しげに私の方にやって来た。そして総て中流に育った子供らのあどけない品のある悪びれない無邪気さで、寂しそうに立っている私にはなしかけるのであった。

「おじさんはそこに何していらっしゃるの。」

「あなたらの遊んでいるのを見ているんです。あなたはうたが上手ですね。」

と私は微笑しながら言った。

「あたしよりね。弟が上手なの。」

というと、弟は姉さんの手にぶらさがるようにして甘えた。

「姉ちゃんは僕より上手だ。」

私はこの小さな姉弟《きょうだい》を眺めた。私にも深切な姉があった。ちょうど今ここにいるこの姉弟は期せずして、私の遠い子供のときの空気を吸わしめ慕わしめた。

「あなたはなんと呼ぶの。」と問うと、すぐに、

「ふぢ子って言うんです。弟は敬宗《けいそう》っていうの。」

彼女は明るいつやつやした目で私を見上げた。誰でも一度は、この子のように美しい透明な瞳をしている時期があるものだ。五つ六つころから十六七時代までの目の美しさ、その澄み亘った透明さは、まるで、その精神のきれいさをそっくり現わしているものだ。すこしも他からそこなわれない美だ。内の内な生命のむき出しにされた輝きだ。

それがだんだんに、宛然《さながら》、世間の生活に染みてゆくように、すこしずつ濁ってゆき、疲れを感じるようになり、ねむれなくなってゆくのであった。私はいまこの濁った自分のひとみの中にうつした瞳を、その瞳の清浄な光によって、いくらか洗われているような、清さを伝えて貰《もら》えるような気がした。

「いくつになったんですか。」

「九つ。弟はね。六つになったの。」

私は間もなく自分の室の方へかえった。晩夏の永い日もややくらみをおびた。

……いま鳴るかねはいくつのかねじゃ……というたごえが、こんどは、お母さんの室の方にきこえた。

私は机にむかった。

そこへOが訪ねてきた。あの日以来、私どもは会わなかった。さまざまな感情の機微がこの友を厭うたりして、しばらく会わない方がいいような気がした。

Oは這入ると、すぐに、

「いい室だね。それから君は芝の方へまだ行かないそうだね。」

と言ったが、私には訳が解らなかった。

「芝の方へとは。」

「芝の区裁判所さ。僕もHも呼び出されて検事から説諭されちゃった。そのときにね。君が出て行かないものだから、ぶつぶつ言っていたよ。」

「でも僕は越したので通知を受け取らないから仕方がない――明日行って見よう。」

「そうしたまえ。めんどうだからな。」とOは言った。

私はまだあの出来事が網の目のように、私の行く先に張られていたことを知って、不幸な、煮えるようないらいらしい気分になってゆくのであった。

「検事はいったいどんなことを言うんだ。」

「唯いわゆる説諭だ。なんでもないよ。駒込から通知が行ったんだね。」

とOは寂しい顔をした。

「おかみのことは正確だね。」と私はいった。

「仕事だから正確だね。」

私はやっと落ちついて、これから始めようと思っていた仕事が、また明日ああしたとこへ行くことによって破壊される不幸な予覚をさえした。みなこの小さな私の成長の上にさまざまな苦しみと邪魔をすると思った。今夜はまた私はしずかに詩作に耽ることを考えていた。人間の心が眼の光に働きかける心持ちを詩で現わそうと楽しんでいたのに、もうOの持ってきた毒矢はぴったりと私の優しい心をつき刺した。そしてやけに、荒々しく煮え立てさせた。

私はOに言った

「飲もう。くさくさしてきて室に居られないから。」

Oにはこの心持ちが見えていたらしく、冷ややかに笑った。私はそれを感じると、心は二重の意味で限りない怒りに叫んでいるようにいらいらしくなった。

「かねがあるか。」

「かねは作ればできるんだ。さあ出かけよう。」

と、私は二三冊の書物を抱えて出た。私はいつもゆく質屋へはいった。そして書物を叩きつけておいて幾枚かの紙幣を袂に捩じ込んだ。

S酒場へは、かりがあって厭だというOを無理につれて行った。私もこの酒場へ行きたくなかった。厭な暗い陰気な心持ちになるばかりでも、他の明るいカッフェへ行きたかったが、今夜はここへ来たかった。

私達は盃をなめはじめた。私は深い飲酒者が永い時間をかけて愛飲するように、ちびりちびりと深い溝そこへはまり込んで行くように、次第に意識を円満にやわらげてゆくようにした。酒は意識を五彩あやなす錯然《さくぜん》としたある夢幻的な心持ちに、たびたび誘おうとした。しかし私はもはや酔えなかった。あたまの中にシンが立ったように、醒めて冷えきったものがあった。

れいの少女は、自分の坐るところに居て、私達の方を見つめていた。……間違いのないように、あんな恐ろしいことが起こらないように……とその大きな目が謹ましい深いある一点に、しかも黒々と据えられているようであった。しかもあの永久にそうあろうとも思われる微笑みは、ときとすると、老人のするような枯れたようなところが浮かんできて、大きな悲しそうな、とても現わそうと思っても、わざとは現わしきれない複雑な光とともに、しずかに私の上にそそがれていた。私はにっとほほえんで見せると、かの女は立って、私たちの方へ来た。

私はこのごろになってから、彼女に酒をつがせることをしなかった。何かしらこの少女の霊魂までをおもちゃにするような、変なある道徳的でない別な感情的な意味で、いつも自分でついでは飲んでいた。しかし私は今夜はその細い麻のような手でついでもらいたかった。

かの女は酒をついだ。そして黙って立っていた。……このひと達はいつまでも酒をのむのだろう……というような言葉が、その小さい胸に呼ばれているように思われた。

私はだんだん酔ってくると、妙に人の叫びごえや、荒い組み合っているような音を、遠いところで感じ出した。頭をがんとやられた。むこうの頭蓋骨をがんとやり戻した。血がたらたらと流れた――私はまだ脅迫されたようにいろいろなことを考え合わせた。

「かえろう。ふらふらするな。」

と、私はOをいましめた。そういう私もふらふらした。地上が静かに大きな円をえがいて、波のように揺れて行った。

「さよなら。あぶないわね。」

と、彼女は走って来て私をささえようとした。小さな一疋の蝗のように清く瘠せた神聖な彼の生きものの声は、私の奥の奥まで、しかも雷のようにひびいた。酔ってはならないと心で誓いながら、私は何という人間の屑であろうかと思った。

「大丈夫だ。おかえりなさい。心配しなくていいからね。」

「そう。さよなら。」

と酒場へ入って行った。私は袂からありたけの金を彼女にあたえようとしたが、そういうあさましい見えすいた寂しい心を自分で叱り飛ばした。決してしてはならない寂しいしかもしなければならない心持ちを私はいくたびとなく考えた。

街へ出た。

別れるときOはまた言った。

「明日行くんだよ。忘れないようにしたまえ。」

と、私はこれには答えないで歩いた。根津の通りのゴチャゴチャした商店のつらなりは、私の目を眩くした。

私は坂を上って帰ろうとした。が、すぐ私はそこの町角にあったカッフェへ這入って行った。私はそこで黙って飲んだ。一つのことをしっかりと考え合わせる意識が、例え存在していても、いつの間にかばらばらになって行くほど酔った。

女が私の向かいに坐っていた。おしろいがチョオクのように乾いていて、すこしもあぶら気のない顔であった。それは醜いといえば極端に醜かった。他の女はみな客とふざけていた。しかしこの女は自分を知っているように温和しかった。私はその醜いがゆえに哀れをかんじた。──宿へ辿りつくと、ビール瓶のように室に転げ込んだ。蒼白い睡眠が間もなく私の上に覆いかぶさった。

朝、目をさますと、私は忌わしい心で、着物をきかえると芝の区裁判所へ向けて出頭して行った。暑い明るい焼きつくような日光は、街路の並木の葉を凋《しぼ》ませていた。街のなかにも、そこここに珍しく蟬の啼くのが遠くきこえたりした。

区裁判所の受付に名刺を出して、引っ越したあとで通知を受け取らなかったが、今日聞いて出頭した旨を、かかりの検事につたえた。私は夏羽織をひらひらさせたり、土くさい浴衣がけの群れと一しょに控え所の腰掛けにもたれていた。私はここに集っている人々が、みな私のようにある種類の背景と、どことなく心にくらみをもっているように思われた。それと同時にまるで塵埃《じんあい》のようにゴミゴミした、人間の屑の屑ばかりが蚊のように群れている気もした。汗の匂いや、手足をむき出しにしている人々は、ことに私の嫌悪の激しい対照をしていた。私は私自らをこの埃のなかに見出すことを不愉快に感じた。たえず精神の仕事を目ざしてゆこうとする私の魂だけは、何人にもふれさせないし、触れるものもなかったけれど、外部から沁みついてくるような、暗い憂鬱な心持ちをどうすることもできなかった。

私は呼ばれた。給仕は私を若い、いろの白い検事のテエブルの前につれて行った。私は心が顫えがちなのを「しずかに」制して検事の顔を凝視した。

「引っ越したのか。道理で君だけが来なかった訳だ。」

と言って印のたくさん押してある書類をしらべた。

「著述業というのはいくらくらい収入があるものかね。」と、バスで言った。

「書かなければ一文もありません。」

と私は冷ややかに答えた。

「ではどうして生活をする——収入が無くては生活が出来ないではないか。」

私はできるだけ落ちついた。

「著述家は財産をもっています。で、しょっちゅう書かなくとも平常から余裕をつけてあるから書かなくとも平気です。」

と、私はある苦笑を感じながら言った。

「そうか。ではそれでいいとして——こん度の事件は示談にしたそうだが本当かね。」

「そうです。」

「で、このつぎにこんな事件が起こると容赦なく告発するからそう思いたまえ。」

「承知しました。」

検事は間もなく帰ってよろしいと言ったので、私は外へ出て行った。

ぶしつけな、機械を取り扱うような固い検事の物の言いかたも不快であった。――私の心は汚され通しのような、汚濁《おじよく》されたまま喘いでいた。

宿へかえると疲れていた。

小さい庭の雑草を見るともなく眺めていると、そこへ、ふぢ子さんが庭づたいにやって来て、

「先刻《さつき》、お客様がいらしってよ。」

「どんな人でしたか。」

「髪の長いひとよ。おじさんみたいにおひげもあったわ。」

「そう。どうもありがとう。」

血色の透った頰はまるで磨いたような、美しい少女期の光沢に張り切っていた。

「おじさんのお室へはいりませんか。敬宗さんも一しょに呼んでいらっしゃい。」というと、

「母さんに言って来なければわるいわ。母さんがね、いいっておっしゃったら弟と一しょに来ますわ。」と悧巧な目を瞬いた。

「その方がいい。じゃおゆるしが出たらいらっしゃい。」

と、私はその母なるひとのしつけのよいのを感じた。主人は、通訳官を勤めていて今満州に行っているということであった。母なるひとは、いつも新聞を毎日のように満州へ郵送していた。ふぢ子さんは、いつも学校からかえると、開封の新聞をもって、通りの郵便局へ行くのを

たびたび見ることがあった。

私はそんなときに出会わすと、

「それはどこへ送るの。」と問うと、

「お父様にお送りするの。切手はここに貼ればいいんですね。」

と、いつもしていることながら、子供らしく小さい不安な顔をした。

「そこでいいんです。」

ふぢ子は敬宗と一しょに、この離れへやって来た。

「母さんのおゆるしが出ましたか。」というと、

「え。おとなしくして居ればいいって言っていらしったの。」と言って、弟を顧《かえり》みて、

「敬宗もおとなしくしていなければ駄目よ。」と、姉らしい調子で言った。

ふぢ子は、室のなかを見回して、一枚の額の絵の上に瞳を凝《こら》した。

「あの絵は何んでしょうか。わからないわね敬宗。」と弟をかえり見た。

私は言った。

「あかくなっているのは煉瓦の塀です。そう見えるでしょう……」

「ええ。」

「その前を人が歩いているでしょう。うつ向いて——空に雲が出てあかくなっているでしょう。それからいっぱいに草が生えているでしょう。あれは野です。」

「夕方ですわね。」

「そうです。あのひとは大変寂しそうに見えるでしょう。」

「そうね、どこへゆくんでしょうか。」

「さあ、どこへ行くのか。」

と、私は言い詰まって黙って、絵を見つめた。一人の男が町端れから野のある方へ向かって、重く歩いているさまが描かれてあった。Hの絵だ。Hはよく憂鬱な寂しい自画像を書いた。かれはいつも好んで、自然の中に投げ出された自分を描いた。

ふぢ子は、こんどは、もう一枚の燻《いぶ》し金のふちに入った絵に目をとめた。

「二人で何をしているのでしょう。」

「お祈りをしているのです。夕方、田圃《たんぼ》の仕事が済んでから、お祈りをしてから家へかえるんです。」

「……晩鐘《ばんしょう》……ってどんなことでしょうか。そうかいてあるわね。」

「晩方、よく鐘が鳴るでしょう。あれをいうのです。この間ふぢ子さんが……いま鳴るかねはいくつのかねじゃ……とうたっていたでしょう。あんな夕方のかねのことを晩鐘って言うんです。」

「そう。」

と、彼女は感心したように言った。室の中の絵を一枚一枚に彼女は私に説明させた。その注意深い、知識に餓えている少女時代が、今かの女の総てに溢れていた。

「おじさんは毎日何をしていらっしゃるの。何を書いていらっしゃるの。」
と、こう直接に言われると、
「おじさんはね。……」
と、詰まった。どう言い表わしていいか判らなかった。私はなぜだか、こう問いつめられる
と赤面するような気がした。
「おじさんの書いていることは、ふぢ子さんがもっと大きくなると、ひとりで解ってくるよう
になるの。」
「それまでどうしても解らないの。」
「そう。なかなか解らない。」
彼女は不審そうな心で、私を見たが、すぐまた忘れてしまったような顔をした。
彼女らが去ると、私はぼんやりと、窓にもたれていた。子供の魂には、どうしても解らせる
ことのできない仕事を、つくづく考え込んだ。
ふぢ子は時々私の室をたずねた。そして開け放した、寛大な花のような言葉を私に話してき
かせた。そのあどけない微笑のうちに静かに私を落ちつかせるものがあった。私はもはや街へ
は永く出て行かなかった。夜も昼も室にばかり籠って、少しずつ創作を発表して行った。
創作は――主として詩の精神に没頭することは、苦しいながら一つの幸福であった。なにご
ともこの内にあっては、他からそこなわれるものがなかった。自由な空気はあたらしい私の生

命をよび醒させた。

ふぢ子はよく言った。

「おじさんはいつもちゃんとお坐りしているのね。」

と。ときには、彼女はその生まれた鹿児島の市街からやや離れた自家のことを話しすることがあった。

「鹿児島はちっとも雪がふらないの。毎日温かくていいの。大きなボンタンが実ってよ。そりゃ大きいのがあるわ。こんなのがあるわ。」

と、少女らしく昂奮して、手で大きさを示したりなどした。濃《こま》やかな緑葉のあいだに、輝いているボンタンの重い美しい黄金色なのを、かの女は目にちらちらと思い浮かばせながら話した。

「それからお家のうら山に、蜜柑なんかいっぱい実っていて、私だって採れるような低い枝もあるの。」

「じゃ、ふぢ子さんは田舎がすきでしょう。行きたくない？」

「もうじきかえるの。お父様が満州から田舎の方へおかえりになるので、さきに私らが田舎で待つの。」

「いつころですか。」

「まだ分らないがもうじきよ。わたし田舎が好きよ。お庭が広くっていいわ。」

私は母なるひとから帰国することをきいていたが、この可憐な少女のかえってゆくところをよく想像したりした。

低い山畑に揉みついたように熟れている柑橘類の烈しい芳醇な匂いに沁みた新しい空気や、そこを馳け回る少女の姿などを描いて見たりした。

「お国へかえったらおじさんにボンタンを送ってあげるわ。大きい大きいのを。」

と、あどけなく今にも送ってくれるような顔をした。

「ほんとですか。」

「え。お父さんに言ってね。お父さんは私のいうことはなんだってきいて下さるわ。ほしいものは皆買って下さるわ。」

私はその父なるひとの愛を感じた。

私は時おり寂しくなると表へ出た。秋近くなってから道路に静かなしめりが行き亘って、どこか清涼な気があった。ふぢ子は学校からかえると、よく、

「おじさん。唯今。」と微笑しながら言うことがあった。

「おかえりなさい。」

と、私も微笑した。

母なるひとは、

「いつもふぢ子が出ましてお邪魔してすみません。」とつつましく言っていた。

母なるひとは、私の方から行きもしなかったし訪ねて来もしなかった。ふぢ子がなかにい

て、時おり、私のことなどを言うらしかった。

私はこのあどけない子供を見ない日は、寂しい心がした。なにかしら温かい特別な空気が、いつも平和に彼女をつつんでいるようであった。

ある晩、画家のSが訪ねて来た。この温和な友だちは、久しく会わなかったので、私はしみじみ話した。

「この間来たときに、小さい女の子がいたね。美しい子だね。」

とSらしい口早に言った。

「君だったのか。留守をしてすまなかった。あの子は隣の子だ。ああいう子供を見ると何ともいわれない綺麗な気がするね。」

「ほんとにいい子だ。」

と言った。Sは、その日は陰気に黙り込んでいた。何か話そうとしながら、それを自分でおさえるようにしたり、つとめて話そうとしたりして、苦しい心の内で努力しているように思われた。私はそれが静かに理解できるような気がした。

「やはり苦しいかい。」

と、友の蒼白な、つかれたような顔を見た。

「看板絵をかいて見たが、やはり駄目だ。どうしてもペンキ屋にはなれない。」

「君にはとても我慢できないだろうな。でも暫く行っていたじゃないか。」

「ひと月ばかり行っている間に、すっかり頭を荒されてしまった。もう行かない。自分の堕落が恐ろしくなる——」

と、温和しいかれは、寂しそうに私を見た。この友は非常に貧しかったが、その精神はいつも純潔な、まるで優柔なものをもっていた。

「では、このごろはやはり苦しいね。」

「うん。」

「じゃまだ食事前だな。」

「うん。」

と、かれはすこし赤くなって微笑した。私も金の用意がなかった。私は押入れをあけて行李《こうり》の中を見た。一枚二枚と失われて行ったなかに、まだこの友の食事に足りるものがあった。私はそれを一枚とり出した。

「これをかねにしないか。なるかね。」

かれは恥ずかしそうに見たが、

「なる、ありがとう。」と言った。

「おたがいだ。」

と、私はかれを表まで送って出た。

「からだを大切にしたまえ。」

「じゃ暫く借りるよ。」

「いつまでもつかってくれたまえ。」

と、友は闇の中を行った。

私の心は沈んだ。あの友と同じいように私も貧しかったからだ。

二三日すると、Sはやって来た。そして金をとり出した。

「返さなくともいいじゃないか。」というと、

「ある時には返したい気がするのだ。返さないと落ちつかない。」と、かれは言った。

「あのふぢ子さんという女の子を見ていると、僕らと人間の種類が異なっているような気がするね。」

と、感傷的なかれはこう言葉を添えて言った。

「そうだね。余りに清浄なものと、余りに濆れたものの相違は、ときとすると人間の隔離を遠くするね。」と私は言った。

二人は黙って対い合った。私はこのSとともに苦しんだ千駄木町時代を思い出した。私たちはよく飲みに出かけた。

かれはいつも街裏の貧しい屋根裏で、食うや食わずの多くの日を送った。私もよくそこでかれと会った。かれはいつも仕事にはぐれて蒼くなって、

「君のように仕事をしなければならない場合でも、よく仕事をしないで平気でいられるね。」とよく私のことを言った。私は、仕事が自分の内に起こるものに限っては、やったけれど、仕事から金をとることができなかった。そういう仕事はやっても必然努《きっと》まらなかった。

私は私の詩作によって僅かな報酬を得ることと郷里からの僅かな送金とでくらしていた。私はよく饑餓に瀕した。

私は日没頃の寂しい下宿で、どうにもならない永い時間を送った。私は机にかじりついたま

ま、自分の仕事の完成をいそいだ。仕事のみが魂によき慰めや鞭撻をあたえた。……

「今も苦しいが千駄木町も苦しかったね。」

と私はSに言った。

「あのころの君は凄かったね。あのころの君はまるでひと処ばかり見ているような、いつもじっと動かない目をしていたよ。」

と、かれは私の目を見つめた。

「苦しんでいる時は、すぐ目の色が変化《かわ》ってしまうね。」

と私は言った。自分でも、だんだん目が据わってゆくのや、荒い図々しい、ときには狡猾な光を帯びるのがよく分って行った。そのたびごとに澄んだところがなくなってゆくのだ。ただ、冷たい濁った澄みかたをしてゆくのだ。

「たいがいの人間は目を見れば分るよ。内の内まではっきり分るよ。」

とSがいう。かれもまた疲れ喘いでいるような目をしていた。そして、

「Oの目を見たまえ。実にあの男の性格を現わしている。やさしそうで、深い狡猾さをもっているのが内の内の分まで、はっきり分ってくるじゃないか。」

と、かれはつけ加えた。Oの目、その特質的で、対手次第で変わってゆく表情は、いつも濁った感情を現わしていた。

「あいつは目にそっくり出ているね。しかしHをどう思う。」

「Hは――性慾的な汚なさと淫盪さを有《も》っている。しかし微笑うとそれがなおよく出るのだ。ともかく他人を正視しない目は卑劣だ。わざとらしい凝視をする奴は、内面に虚偽を有った奴だ。(Oにはこの特長があるよ。)やはり静かに眺める目の人に、質の善良さがある――。」

と彼は言って立ち上がった。

「帰るか。」

「ながく居たから失敬する。」

私達は別れた。かれの足音が表へ消えると私は静かに貧しかった時代《とき》の自分を考えた。

――Sは屋根裏のような室を借りて、パンばかり食っていて、ひょろひょろしていた。私がゆくと西洋皿の上に幾切れかの、彼のためには高貴な唯一な、しかもバタのついてないのが狐色に焼き上がっていた。

「飯かい。」というと、

「飯だ。」

と、彼は粉っぽい奴をがりがりやり始めた。

「君もやるかね。」

「僕も必要に迫られている。」

と、笑いながら、二人は黙ってたべはじめた。

二人は、別な不安な生活に追われていることを、期せずして考え合わせていた。どうしたらこの苦しみから遁れることができるかということが、明日の糧のない私の身の上にも及んだ。

「僕はこのごろ淫売婦を笑えなくなった。教養のない女があそこまで堕落してゆくのが寧ろ当たり前だと思うね。」

とSは言った。私も同感した。

「ほんとだね。すくなくとも、今の僕らがもう肉体を切り放しても金が要るんだからね。」

「女が自分の肉体から自分の糧を得ることはほとんど自然に近いね。人間をもっと原始的に解剖して考えると、ことに女にあってはそうするよりほかに方法とてないだろうじゃないか。」

「本当だね。」

私だちは、黙り合って、友は友で別な窓の外を見た。熱烈な生活にたいする愛慕が、いつも私だちにそむいたに拘わらず、私だちはどうにかしてそこに辿りつきたいと思っていた。

「君は生活のらくな連中を見ると、どんな気がする。」

「その存在はその人にとって運命だからね。羨望もなければ特別な愛もない。しかし、僕らのように貧しいものは決してあの連中に劣らないという自信を強くするね。」

と私は答えた。何者をもその存在する事実は許さなければならない。たとえ盗人でも殺人でも、そうしたものの必然に生まれてゆくことを根絶することはできない。唯、その事実に愛をもてない。喜べない。

Sは、

「ともかく偉くなるまでは楽しみだ。いまの苦しみにも酬いられるときがあるに違いないのだ。」

「幸福はいちどに寄せてくるらしいね。苦しいときは何もかも苦しいように、よくなるときは一度によくなれるね。」

と、私は心の中に燃えるような、高揚された熱情をかんじた。今に見ろ、私をくるしめたもの、軽蔑したもの、低めたものらが、ひとりで私のあたいを感じなければならない時代があるに違いないと、強く信じた。

私達はまずしい食事を終えた。

……その日のことが、今、私にはっきりと浮かんだ。饑えも決して私どもの燃え立つ願望の上からは、問題ではなくなっていた。どうしても出るときは出ずに居られない、烈しい発芽時代だったのだ。

私は間もなく床についた。友や自分にたいする一種の祈禱的な、円満に近い心を抱いて、静かに睡った。

ある朝、私はふぢ子と動物園へ行った。

ふぢ子と私とは、秋がくるとすぐに黄葉がちになった公園の桜の並木の、よく掃かれた道路を歩いて行った。水いろのうすい単衣《ひとえ》の上から、繊《ほそ》い彼女の頸が、小さい頭をささえて、それがまるで瑪瑙《めのう》のように透いて見えた。

私たちは、鶴を見た。この首の長い丹頂のある動物は、ときどき、秋晴れの高い空に向かって、鋭い高い啼きごえを上げた。それは、一つの祈りの叫びのようでもあり、地上の生活をあたかも天上に向かって囁くところの、絶えざる倦《う》まない永久な報告者のように見えた。一つはこの白鳥のもつ伝奇的興味が、いかにも清浄な、上品な、しかもゆったりした高踏的な歩みによって表現されていた。

そこには愛すべき二羽の雛鳥が、灰色の柔らかい着物をふわふわにして遊んでいた。

「おじさん。鶴でも子供があるの。あれは鶴の赤ちゃんでしょう。」

「そうです。鶴でも何でも生きたものは子供があるんです。」

と答えた。鶴は長い首をさしのべて、この少女のそばへ来た。

「やっぱり卵から生まれるんでしょうか。」

「そう。」

小さい雛鳥は、よちよちと親鳥のそばにまつわりついて遊んでいた。餌をやると、すぐ自分の子供の方へ咥えては持って行くのであった。

私どもは象を見た。この巨大な、岩のような荒い皮膚をした動物は、たえず藁や塩せんべいを拾っては口のところへ持って行って食べたりして、おとなしい子供のような善い性質を、見物している人々に開いて見せた。何よりも私の注意を惹いたのは、この大きな室内に、非常に正確な、しかも非常に真摯な八角時計が、がさがさな象の背中越しに、チクタク動いているのを見たときに、私はすぐに変な気がした。しかも建物の煉瓦の調子と象そのものの伝奇的興趣とが相待《あいま》って、実によい調和をあたえているのを見た。

それは私どもの幼年の時代に、何かしらお伽噺《とぎばなし》のなかに見たような時計のような気がしたり、また、ああいう原始的な巨大な動物との対照上、時代錯誤《アナクロニズム》的な、文明と野蛮とでもいうような感じを起こさせるのである。

「ふぢ子さんは象がすきですか。」

「くさくて、きらい。」

「けれども温和しいから好きでしょう。」

「きらい。お猿を見ましょうよ。」

猿はかなり広い檻のなかに、追ったり馳《はし》ったり、喧嘩したりした。その利巧な、快活にふざけるさまは総ての人におもしろがられた。何かしら歯痒い一種の憎悪に類似した感覚があるにもかかわらず、かえってその無邪気だとまで思われる憎々しさは、人々の笑いをさえ起こさせた。

私はその檻をかこんで眺めている人が、金網一枚を隔っているにかかわらず、猿の方でこちらを眺めていたら、どういう心持ちになるであろうと、気味悪くかんじた。

「お猿はかわいいわね。」と、ふぢ子がいうので、

「どうしてです。あんな憎らしい顔をしているじゃありませんか。」

「顔じゃないわ。おもしろいことをするからですわ。」と言った。

私はすぐ答えができなかった。

「魚のぞき」は彼女を喜ばした。彼女は象や鶴やお猿を見たときとは、全然別な心からの愛をもって、そのお友達のような美しい阿蘭陀《おらんだ》金魚の紅い尾や鰭《ひれ》ふるさまを眺めていた。

「ほんとに綺麗ね。」

と、その絢爛と光る魚を指した。

私はこの金魚というものの、どこか病的な、虚偽な色彩のようなものを好まなかった。その娼婦のように長い尾や鰭に何かしら人間と共通な、わけても娼婦などと一しょなもののあるのが嫌いであった。ときには、汚なくさえ感じた。

「おじさんはどうして嫌いなの。」

「あんまりぴかぴか光るでしょう。あんなおさかなより黒い鯉の方がすきなんです。」

鯉は、じっと水中に澄んで、落ちつき払って尾とひれを震わせた。あのぴかぴかした金魚よりは、そのりっぱさが際立って、静かさ寂しさをさえ私の胸につたえた。ことに私たち人間から見れば、どことなく寂しい気がする魚族の幽邃《ゆうすい》さは、この健康な生きものの上にも充分に読まれた。その動かない目はちょうど重い牛の眼を思わせるほど、あやしい神秘的な、しかも思慮深そうに蒼々と澄んでいた。

山椒魚や鰻は、ふぢ子をいやがらせたばかりではなく、

「おじさん。出ましょうよ。わたしあんなおさかなを見ると恐くなるのよ。」

とさえ言わせた。

大きな椎の蔭に、らくだが長い首を柵のそとへ出していた。そこらの赤土が白っぽく乾いて暑そうに見えた。

私たちはライオンを見た。虎を見た。ふぢ子は恐がった。

私は虎の美しい毛並みの下から隆起する肉体の肥りように、手を触れて見たいような、猛獣にたいする懐しさをかんじた。しかも、自分に危険の及ぼさない檻の中を覗き込んで、私は安心しながら、そういう空想をする自分を卑劣にかんじた。

二疋の豹。それはまるで美しい絨氈《じゆうたん》の飽くことのない深い天鵞絨《ビロウド》を眺めているような、それでいて、絶えず自由に柔らかい光沢をもって、しきりに、ふざけちらしていた。しかも長い斑点のある尾は、一疋の蛇のように自由に捲きあげられたり、床の上に引きずられたりした。

私はこれらの猛獣の棲む高原や森林や、暗い渓谷、あるいは広茫とした沙漠のありさまを一瞬の間に、あたまに描いた。その引き続いた気分のもとに、そのいかなる高価な宝石にも見ることのできない眼底の光芒や、真紅な脣をあくこともなく眺めた。そこに烈しい生きた美があり、美はたえず荒い呼吸をつづけて自分の中にまで注いだ。自分の中に住んでいる思想的な、あたかも仕事に対って絶えず傾注されているような内の内なる生命の本体が、いまありありとかれらの魂と相囁いているような、烈しい歓喜をしずかに感じさせて来た。

ふぢ子は私を急がせた。この小高い丘からすぐ下にサンフランシスコ(68)を思わせるような、水族の鳥類がさまざまな啼き声を、あたかも一つのコーラスのように形作って、たえず叫ばれ啼き立っているのが見えた。

私たちはそこへ行った。いろいろな種類がこうして啼き立てたり、泳いだり、ばたばた羽搔《はが》きをやったりする眩しさは、その一羽ずつの美しい観賞を削いたばかりではなく、人間的な、どこかで出会ったある夜の群衆を思わせた。または、その雑然とした中に、一つのものを永く眺めていられない焦躁した気持ちになったのである。

しかし私はその騒々しい中に、一羽の鷺が静かに白い冠毛《かんむりげ》を立てながら、ゆっくりと歩行しているのに目をとめたときは、かなり落ちつけたのであった。野の沼や水面にいつも淋しそうにしているかれは、あたかも、このなかにあってひとり厳粛な孤独をまもっているように思われた。

私達は二頭の白熊が、静かに水の中に、仰向けになって浸っているのを、ほとんど想像することのできない奇怪なしかも珍しい心になって眺めた。かれらは子供が背中を水底に向けて泳ぐような無邪気さと、いかにも楽な放逸された気分で水に浸っているのを見た。その白く矢のような光沢をもった毛並みは、みるみるうちに濡れかがやいた。しかもかれらが水中から上がって来て、身震いをして水や水のしずくをはね飛ばしたとき、実にりっぱな豊富な純白な毛並みを立てたのであった。

私にこの動物を眺めたときから起こりかけた心は、一つには北極の寂しい空気であった。あたかも視野をさえぎるもののない広大な氷の海に、夢かうつつに想像されるところの、世にも珍しい光景であった。そこに一切の緑樹もなかった。光もないような冷厳な、思うてもひとびとの心を厳粛に表情づける奥の奥なる自然の巧緻があった。恐ろしい死のような荒涼と、流れ去る氷山の群れがあるのだ。

しかもかれは人間の世界に、こうした小さな水壺を与えられて生活しているのを見ると、いつの間にか優しくなりかけた相貌の中に、なれなれしい馴致性な、凡ての生きものの本然な共通的のやさしさ親しさがあった。

「ふぢ子さん。これは氷の国にいる動物ですよ。」

と、私は子供のように彼女にささやいた。誰しもこれらの動物を眺めているうちに、ふしぎと調和されてくる総ての動物的な、珍しい睦まじさ親密さをかんじるのであった。

私たちはこの氷原に別れた。そして小高い丘に登った。

人間さえ見ればぴょこぴょことおじぎをする熊がいた。習慣的に堕落して行ったものか、あるいは香具師《やし》の手によって教えられたものか、かれは、ふぢ子の前にもおじぎをたえ間なくくり返した。

「まあ利巧な熊さんだこと。」

と、ふぢ子は言って餌をあたえた。

かれは後足で坐るようにして、前足で柵をつかまえておじぎした。ちょうど、虎やライオンがいつまでも檻の中をぐるぐる回っていることを仕事としているように、この哀れな熊はおじぎばかりして暮らしているようだった。私はいくたびとなく苦笑をした。

私は狡猾な狼を見た。

狐を見た。

最後にこの動物園にみなぎる、ある異臭と苦しい何かしら頭をおもくするような空気とを嗅いだ。何人もこの中にあっては、離れがたい執拗な生きものの幻影と同時に、たえまない空想的なあどけなさを感じるに相違ない。

私は彼女がもう帰途についたとき、非常に行きよりも快活で、しかもその目がいきいきしているのに気がついた。それが非常に空想的な光を帯びていたことは実際であった。

「おもしろかったでしょう。」と、たずねると、

「熊さんのおじぎはずいぶんおかしいわね。わたし一番すきなのは、うさぎよ。あの赤い目が一番すき。」と言った。少女らしいことをいう。

「一番きらいなのは——。」

「火喰鳥《ひくいどり》ってのがいたのでしょう。あれは一番きらいなの。」

私だちは公園から谷中の通りへ出た。

「ふぢ子さんはいつお国へかえるんですか。」と問うと、

「まだ分らないの。けどもうすぐだわ。あなたはずっとあすこの家にいるのでしょう。」

「たぶん居るでしょう。」

「越しちゃつまらないわね。わたし、鹿児島へ行ったらてがみを上げますわ。ほんとよ。」

「きっと下さい。私も出しますから。」

「ええ。きっとよ。そして、一年ばかり経つとまた東京へこんどはお父様もみな一緒に出てくるの。」

「そりゃいいね。」

「そのころは根津へ電車が通るようになるでしょうね。」

「来年できるんだから、きっと通るでしょう。」

私らは坂から根津一帯の谷間の町の見えるところに立って、夕方近い混雑された、物売りの呼び声の寂しく起こってくるのに耳をすました。それらの町の家々から漂う煙は、低く這うて

殊に凡てを物悲しく沈ませて見せた。

この少女があの家から居なくなることは、私にとって友を失うような、あいてが小さく可憐なだけ寂しさも一層深いような気がした。

「お父様も出ていらしったら、みんなで植物園へゆきましょうね。」

「え。きっとよ。」

私達は家へかえると、母なるひとが今日は大変おせわになったと、礼をのべて行かれた。私は配達されてくる、まずい夕食をひとりで待った。その夕食を待つ心持ちには、いつも私を陰気にした。それは町の方から定刻になると運ばれてくる貧しいものばかりであった。私はひとりでよくそれを机の上にひろげた。そうしながらも、自分は自分を信じるちからが大きかったため、いまある生活がきっと自分を善くしてくれることを考えていた。茶ものめなかった旅行中のドストイエフスキイや、いつも愛と餓えとの永い彷徨をつづけたヴエルレエヌ[69]、ミレエ[70]の窮乏、ミケランゼエロ[71]の苦しみ、そうした先人の道程を考えるとき、私はかえって指してゆくところに明るみ光り望み生命《いのち》を感じた。まだ来ない幸福や喜びや芸術の出生やを、私はあたかも一つの山嶽を前方に凝視するような心持ちで、それに近づくために忍ばなければならないもの一つ一つに、耐えゆかねばならないと感じた。日は暮れた。

ある日、私の家を訪うものがあった。出て見ると巡査だ。自分は突嗟に、この夏の苦しいあの出来事があたまに殺到して浮かんできたのであった。

しかしそれは自分の錯誤であった。巡査は戸籍をしらべに来たのであった。私はかれがかえると、古い傷のいたみを感じた。そればかりではなく、自分は自分をたずねてくるものを恐れた。あたかも、窓の下を人の足音がすると、自分の全身の神経はピリリと感電したように震えた。同時に小さな胸さわぎが、目的のない恐怖の発作のように湧き起こってくるのであった。そういうときは私はペンをとり落としたほど驚いたばかりではなく、その不安な足音の持ち主の誰であるかということを考えるだけでも、不快で、心寂しいことがあった。

私はよくそういうとき、ふぢ子に玄関へ出てもらった。

「おじさんは今お留守よ。」と、いう声がよく私のところまで、きこえて来た。

「いつ居るんですか。いつ来たって居やしない。」

と、太い声でいうのをきくと、私はかれが私の負債の権利者であることを知った。私は彼のために昼も夜も考え通したけれど、それはどうにもならない負債であった。私にとってはもはや今それがとうてい義務的に支払うことが出来ない事情にあったのだ。

「だっておじさんは、いらっしゃるときはいらっしゃるのよ。またこんどいらしったらいいわ。」

「じゃ、こんなものが来たって言って下さい。おたのみします。」

と、すぐ窓のところから帰って行った。ふぢ子は、

「名刺をおいていらっしたの。」

と言って、私に見せた。私はその権利者の苛酷な冷たい顔をつきつけられたような不快さで面をそむけた。

私はふぢ子に感謝した。

「どうもありがとう。」というと、

「わたし、あんな人はきらいよ。家のなかをじろじろ見まわすんですもの。」

と、彼女は眉をよせた。

しかし私はこのあどけない少女になぜ嘘を言わせなければならなかったか。自分がりっぱに申訳をすればいいのだ。彼女が無関心であるとはいえ、私は何というさもしい心から、一時のがれの言葉をつたえなければならなかったのだ。私は心でこの少女の魂に謝罪した。私は決していまのこの苦難な時代を通り過ぎてしまえば、私以外の人々をそこなうことはしない。私にもきっと美しい義務の正当な履行の「時」がくるにちがいない。私はそう思いながらふぢ子の好意を謝した。

しかし彼らは聖書にも記されているように、その最後の一銭をも償わなければならないように、また、最後の一銭を取らねばならない人々であった。かれらは繁々と私をたずねた。私は極度に不安な心でくらした。

ふぢ子は、しまいに腹を立てて、

「おじさんはお留守だったらお留守だわ。わたし、知らないわ、そこをあけちゃおじさんに叱られてよ。」

と、高い声で叫ぶことがあった。そのたびごとにこの優しい少女のためにかれらは追い帰された。私は机にもたれて、彼女のそうした声をきくと涙ぐんでいた。私はまるで彼女に感謝の言葉をさえ完全にいえなかった。

「おじさん。もうかえったのよ。それでいいでしょう。」

と、私の顔を覗くようにした。そういうとき、なぜか彼女も悲しそうであった。

「ありがとう。」

と私は言って顔をそむけた。制止することのできない涙があふれた。

——ある時、Sはハンドスケッチ形の、額に入った小さな肖像をもって、訪ねて来た。

私はそれを見た。それは、ふぢ子の肖像でほとんどあのやさしい呼吸をしているかと思われるほど、底からな表情をくみ取って描かれていた。

「よく似ているね。いつか見ただけで能《よ》くこれほど描けたものだ。」

と私はかれの烈しい洞察がいつも物象《もの》の魂につき刺されるのに驚いた。

「僕はあの子供の顔を見た瞬間、いきなり花のようなものを投げつけられたような気がしたのだ。第一あの柔らかい色彩は、ああいう子供でなければ見られない色彩だ。すこしも雑ったものがない本当の色だ。」

と熱をふくんだような目をした。

「君はいきなり能く中心をつかむね。」

「僕は永い間かかって見ているよりも、第一印象が一等正確に映るのだ。」

そのとき、表に誰か来たような足音がした。もしやと思うと、私はまた胸さわぎした。その執拗な、ほとんど毎日のようにやってくる権利者を憎んだ。

「オイ、誰か来たようだぜ。出て見たまえ。」と、Sは言った。私は低い声で、

「借金取りさ。毎日のようにやって来て困るんだ。」

「あれか、ふぢ子さんがよく追っ払ってくれると言って君の感謝しているのは――で、やるあてがあるか。」

「当分どうにもならなくて困っている。」

「そう待ちたまえ。僕が出て話をしてあげよう。」

と、Sは出て行った。長い押し問答がきこえた。Sの鋭い声と、先方の鈍感な煮え切らない曇ったような声とが入り交ってきこえたが、しばらくするとSはかえって来て、

「僕はちょっと行ってくるからね。君、あいつを表に待たして置くけれど、会わないで居てくれ。」

「だってどこへゆくんだ。今にどうにか僕がするんだから構わないでいてくれ。」

「いやあいつが癪にさわることを言うからね。まあ、待っていたまえ。」

と、彼はそとへ出て行った。私はSが金をつくりに行ったのを直覚しながら、この友に心配

させたのをつらく感じた。Sの性格として思い立ったら、それを完成しなければ歇まないし、それを停めるということも出来ないほど劇しい男だ。

私は不安な擽ぐられるような時を送った。戸外にはれいの男が立って、ときどき、そこらを歩いているようだった。その退屈そうな足音が一定の場所を行ったり来たりしているらしく、その足音の一つ一つが私の呼吸をつまらせるように重くした。

Sが帰ってきた。

かれは戸外の男に何かいうと、

「いただくものさえ貰えさいすれば、私はべつに何とも申しません。」と、いうのがきこえた。

「じゃもうお帰りなさい。わずかなことで人の感情をそこなうものでないことを記憶したまえ。」

というと、Sは私の室へ這入ってきて、

「君、もう帰してしまったよ。金は払ってやったから安心したまえ。」

「そうか。」

と、私はかれが大切にしていた羽織を着ていないのに気がついた。

「羽織は——。」

というと、かれは少し赤くなって、

「金にしたのさ。ああいう奴に苦しめられているのを見ていられるものかね。」

「それまでしてくれなくともよかったんだが、本当にすまない。」

私達は、こうした事がらの後にありがちなお互いの昂奮したような心持ちを、押し隠すようにして坐りあっていた。Sは、思った通りのことをやりぬけた安らかな顔をして、じっと額の肖像をながめた。私は心に重苦しいものを感じながらも深い感謝をかんじた。

二人は永い間、そうして坐り合いながら、おたがいの視線を逃れあっていた。あまりにセンチメンタルに思われはしないかという懸念のために、ときどきSはせかせかと額の絵を眺めたり、窓のそとを見たりした。私は私でああした友の善良な、あまりに過激なやり方のために心は慌てたようにバランスを失った状態をつづけているのを苦しくかんじた。

Sは突然に、

「久しぶりで飲もうじゃないか。」

と言った。私もそれがこの押し黙ったところから切り抜けるために必要なような気がした。

私達は、日暮れに近い街路へ出て行った。私の家からすこし行くと、根津へ下りる坂があって、桜がふた側に並木をつくっていた。本郷[72]高台のあたりにまだ秋の日の静かな微光が漂うていた。

S酒場へはもう私達は行かなかった。街かどの小さなカッフェで、私どもは盃をなめ始めた。

「君がさきに世の中へ出たら、僕は君の地盤に坐り込む。君が僕を引立ててくれるだろうな。」

と、かれは赤くなった顔をあげた。

「喜んでやるよ。君の方がさきでも同じいことだ。どちらかが先に出るんだね。」

「それにね。もう間もなく世間に出られるような気がするんだ。苦しんだだけでも出ずに居られない気がするからな。」

「ほんとだ。僕らは少し黙り過ぎるのだ。お互いに永く忘れないで行くんだね。」

私達は話しながら、もう胸の中がすっかり溶け合ったことを感じた。

「さきのことを考えると楽しみだ。君もそう思うだろう。」

「一日でも早く出たいな。」

こう語りながら間もなく私どもは街路へ出た。すべての夜の街衢《がいく》のよそおいが晴々しく輝いて、私どもの健康なからだに触れるものを懐しがった。美しい逞しい女の散歩する姿もひとりでに今夜は、わけてもしめやかに眼にうつった。

「今夜は女がばかにきれいに見える。しかもいやな女に一人もあわないね。みな優しい顔の人ばかりだ。」

と、Sは嬉しそうに、通る女らの、白い、あるいは、なよやかな肩つきや、髪のかたちなどを喜んだ。まるで地上にこうしたいろいろな女がおろされて、寂しいもののために充分な慰めを頒けあたえてくれる命令者があるように、ことに、いつものようにつんとした女や、いやな毛ぎらいばかりしている厭な表情をもったものが歩いていなかった。すべてがよく調和された美事な夜の天国が、いま下されたばかりの新しさで、私どもの歩いてゆく到るところな街衢に輝いていた。

それは、Sのいうように、「みんなにキスをして上げたくなる」晩であり、「みんなと腹をさらけ出して話したくなる」晩でもあった。一人の喜びは決して一人のみに限られたものではない。それは、みんな人間が知覚しないあいだに、人間と人間とが静かに分け与えられているものにちがいない。心や神経のほかに、別な、人間同士さえ知ることのできない微妙な霊的なるものが、ひそかに囁き合っているのにちがいない。見えない命令者がいるように、霊のみが住み合った世界があるにちがいない。

「Sバーへ行って見よう。あそこの子供の顔を見にゆこう。」

とSは言いだした。私はすぐに暗い気になったが、しかし、あの女の子はどうしているかも知りたかった。それに永く行かなかった。

私たちがあの不吉な思いにみたされてバーへ這入ると、そこには、まだ見たことのない若い女がいた。見るからに、うすぺらな、いやな感じのする型であった。

「おひさしうございますのね。」と言っておかみが出て来た。

私達は酒を註文した。しかし何かしら物足りなかった。いつも坐っている筈の女の子が居ないためであることは無論ではあったが、他に客もなく、しんと寂しかった。

私はおかみにたずねた。

「この間いた女の子はどうしたんです。きょうは居ないじゃありませんか。」

おかみは、

「あの子ですか。すこしからだを悪くしてやすんでいますの。」

「どんな病気なんです。」

「いやな病気らしいです。私どもも困っているのでございますよ。」

と、眉を顰めた。その頬は冷ややかな、あまり小さな病人をいたわりそうにも思えなかった。

「そりゃかわいそうだね。」

と、Sは私の顔を見た。

私はすぐに、あの鶴のように瘠せた彼女の病気が、そのせまい胸を思うただけでも判るような気がして、一時に、どっと気分が沈んでしまった。

「よほど悪い方ですかね。」とSがいうと、

「もう三週間もねているんですが、医者がむずかしいといっていました。」

私とSとはまた顔を見合わせた。あの小さい魂——それが今私にありありと考え出された。いつも浮かべた善良な微笑と、それにはひきかえあのいつも耐らないように、大きく開いた悲しそうな眼の静かさ。

Sと私とは勘定のほかに金を出して「あの子のすきなものを買ってやってくれるように。」と言って、そとへ出た。

私達は街路へ出た。二人とも沈んで歩いて行った。

「あの子は死にそうな子だよ。あの子はきっと死ぬ。——」

とSはまるで信じ切っているように言った。

「僕もそう思う。きっと近いうちにはね。あの子は一種の宗教的なものを、それが何だということをはっきり言えないが、そういう厳粛なものを容貌の内にもっていた。それはたしかだ。」

と、私は言った。そう言いながらも、私はいつも悲しそうに、ときには居睡りしていたりした姿を思い出した。おかみの叱責のひまひまに隠れてやっていたあの平和な居睡り——私にはそれがあの子の最も幸福な瞬間であったような気がした。そういうとき、ふいと目をさまして、にっと微笑するときのつみのない美しさ——。それも思い出された。

「あの子が死んだら花でもやりたいな。しかし余り出しゃばるようでいやだね。」

「そう。花はすこし変だね。しかし君でも僕でも、あの子のために祈ってやりたいね。なんだかことさらに祈るという言葉はいやだけれど、祈ってやりたいね。」

と、私は心からそう思った。あの短い苦しい生涯の花のない道を通ったかの女のために、私は心で、しずかにあの子を祝福してやりたいと思った。

二人はいつの間にか池の端へ出た。もう蓮はやぶれ初めて、水分をふくんだ風はすこし寒さをかんじた。

広小路で二人は別れた。二三歩すぎると、Sは思い出したように、つと走って来て、

「今夜は握手して別れよう。ね、いいだろう。」

「よかろう。」

と、二人は鍵のように握手した。

私はいつもふぢ子をボンタン、ボンタンと呼んでいた。なぜかしら、そう呼んだほうがこの少女の心持ちが出ているような気がしてくるからであった。

「ボンタン。お出で。」

と、庭に出ている彼女を呼ぶと、いつも定って、

「ボンタン、なあに。」

と、向こうでもボンタンをくりかえして私を呼ぶのであった。

「おかあさん。妾のことをおじさんがね。ボンタンだって、おかしいわね。」

と、よく笑って母親に言っていた。

それからまた私が勉強していると、すぐ窓のところへ来て、

「ボンタン。なにしているの。」などと言うことがあった。

「おじさん。妾、鹿児島へかえったらきっとボンタンを送ってあげてよ。お父様にそう言ってね。きっと。」

と、彼女は約束した。

「皮をむくと、なかが紫になっていて、そりゃいい匂いがしてよ。おじさんはたべたことがあ

って――。」

「一度もないの。」

「そう。いまに送ってあげるわ。」

「きっとだね。」

と、私は笑いながら約束した。

「それまでここンちにいるでしょう。」

「いますとも。ボンタンの来るのを待っていますよ。」

と、私どもはまるで子供のように、しゃべくっていると、ふぢ子は表に目をやると、

「おじさん。誰か来てよ。いやなひとよ。わたしあっちイ行ってよ。」と小声で言った。

「え。あとでまたいらっしゃい。」

私はすぐ不安にとらわれた。このごろは定って人さえ来れば胸さわぎをかんじた。ことに今日ははげしくそれがした。

「ごめんなさい。」

という、太い声がした。私は玄関へ出て行った。

そこに黒の木綿の羽織袴という姿で、色の黒い顔の、眼の底深い男が立っていた。私が出ると、

「あなたが室生さんですか。」と言った。私は、

「そうです。君はどなたです。」

というと、かれは一枚の名刺を出した。手にとって見ると、駒込署高等刑事××とあった。

私は背後に水をあびたような不快さを感じた。

「何か御用でしたか。ともかくお這入り下さい。」

というと「では失礼します。」と室へ上がった。かれは私の室をじろじろ見回した。その日はたえずあたりに向かって、鋭く、細密な観察をしているのであった。たとえば、ある一点から一点まで、非常に素早く視野を転じたりした。

「この頃は何か書いていらっしゃいますか。」

「別に取り立ててお話しするほどのものを書いて居りませんが……」

「そうですか。御自分で雑誌でもお出しになっていませんか。」

「いえ。別になにも出していません。」

「そうですか。」

と、彼は落ちついて、煙草をふかした。何を調べに来たのか私には分りかねた。が、やはりこの間のS酒場の一件から、こうして訪ねて来たものらしく思われた。

「××という雑誌が発売禁止になったのは、あなたの詩からではないのですか。」

私はひやりとした。それは「急行列車」という詩で風俗を乱すものとして禁止になったらしかった。

「あるいはそうかもしれません。私にもわかりかねているのです。」

「内容はどんなんです。」

「一種の恋愛をとりあつかった詩です。つまらないものなんです。」

と、私はいやな気がした。自分の詩がこの人々にわかってほしくないような気がした。

かれは話を転じて、

「この間のS酒場のことは示談になったそうですな。」

「え。つまらない事をしてしまいました。」

かれは、ゆっくり落ちついているらしかったので、私はもどかしかった。私ははやく仕事をしたいと思った。はやく帰ってくれればいいと思った。

「お酒はよほどおやりになりますか。」

「ほんの少しです。毎日やりません。」

「酒の上ではよく失敗があるものですね。酒は慎むべきです。」

と言って、「いや大変お邪魔をしました。私が来たって御心配に及びませんから。」と出て行った。かれを表へ送り出すと、あの晩の出来事がいつまでも自分のまわりに、いつも自分の気分や仕事の上に覆いかかって、自分を暗くすることを感じた。

私は永い間、窓のところに佇んでいた。私のまわりがすっかり網を張られているような、たえまない犯罪者の恐怖をかんじることが、もう二タ月後にまで襲ってくることを忌々しく感じた。これらの苦しい想念から遁れるために、私は旅行のことを考えたりした。

そこへボンタンが来た。

「お客様がおかえりになって――。」

「帰ってしまったの。」

「おじさんのお友だち――? あの方は。」

「いや、ちがう。なんでもない人。」

「おじさんはあの人をきらいでしょう。おじさんはいやな顔をなすっていらしったもの。」

「まあ、きらいな方ですね。――」

と、私はこの敏感な少女の目を見た。この目こそ本当のものと嘘のものとを、直覚的に見る目だと思った。

私はふいと姉のことを考えた。やさしい魂につつまれた姉を思った。

「いっそ帰国しよう。そして頭をすこし休めなければならない。」

と、私は考えた。そうだ。今、一切から別れてあの緑深い国へ行こう。私はそう思いながら静かに室を見回した。

「ふぢ子さん。あなたより先に国へかえりますよ。」と言うと、

「ほんとう。おじさんがお国へかえってしまっちゃ詰まらないわね。」

「だってふぢ子さんも帰るんでしょう。」

「ええ。」

「だからまた東京へ来たらいいじゃありませんか。」

「そうね。じゃおじさんも、また東京へいらっしゃるの。」

「え。一年ほどするとね。」

「じゃ、また遊べるわね。」

——ふぢ子が去ると、私はSに会いに行った。Sは屋根裏で仕事をしていた。

「僕は一年ばかり国へ帰ってくるつもりだ。何だかひどく疲れたから。」と言って私は友の顔を見つめた。

Sは、じっと見かえして、

「そうだな。しばらく休んで来たまえ。きっと元気がもり返すよ。」

「いまはいい時季だしね。」

「永く居るといけないよ。なるべく早くかえってくるんだね。」と言った。そしてまた、

「あまり田舎になれすぎると、かえってわるいから、いいかげんにまたやって来るんだ。仕事は田舎だって出来るからね。」

「来年の春あたりまでいようと思う。」

「その方がいい。」

私はSに別れを告げてかえった。

私はもう一日も早く田舎へ帰りたいと思った。小さな荷物をまとめながら、都の生活の記念

のために、Sの絵や、Hのスケッチなどを鞄のなかにしまい込んだ。それから本郷の青木堂で小さな買いものなどをした。そういう小さな忙しさ慌しさは、間もない秋深い故郷へかえってゆく楽しさと、一つはまたこの都会と別れてゆくつらさを感じた。

ボンタンがやって来た。

「あのね。お母さんが晩ごはんを食べないでいらっしゃいって、そう言っていらしったの。」

「そう、御馳走するの。」

「え。お別れだって――いいものがあるのよ。」

「ではお母さんにね。遠慮なくあがりますって言って下さい。」

「え。」

と彼女は去った。

時間を繰ると、九時三十分の直行がある。今夜それに乗って発とうと思った。

しばらくすると、ふぢ子が迎えに来た。

「一しょにいらっしゃいな。」

と、彼女は嬉しそうに私の手をひっぱって室へつれて行った。お母さんは、

「今夜お発ちなんですって。たいへん急におかえりになるんでございますね。」

「思い立ったものですから急に帰ることにしました。」

母なるひとは、ちゃぶだいにいろいろな物をならべながら、

「やっとお馴染みになったのに、ほんとに惜しうございます。」と言った。

ふぢ子は、

「おじさんはここよ。そのつぎが敬宗、それから妾——これでいいんでしょう。」とお母さんにいう。

「あ、それでいいとも。」と、こんどは私にむかって、

「何もございませんが、お別れのしるしまでにいたしたのでございますから、おあがりになって下さいまし。」

と、どこか国なまりのある、静かな快い調子で言った。

「ではいただきます。」

と、私はちゃぶ台にむかった。永い間、いつも一人で食事をしていた時は、ことにこの少数な美しい家庭の一員になって、食事をともにすることは、私の心をしずかに温め柔らげた。ふぢ子も嬉しそうにくすくす笑いながら私のかおを見たり、弟をしかったりした。母なるひとは、

「いずれ私どもも月末には帰国しますので、主人からも手紙を出すように申しますが、またおたよりを下さいまし。」と、処書きを教えた。

「私こそたくさんおせわになりました。御主人によろしくお伝えなすって下さい。」

と言うと、ふぢ子が、

「おじさん。わたしも手紙をあげますわ。いいでしょうお母さん。」

と母親の方へ小さい顔を向けた。お母さんは微笑しながら、

「おじさんに笑われないように勉強して上手におてがみを書かなければいけません。」

「え。妾、きっと書いてよ。あなたからも下さるでしょう。」

「あげますとも。」

私たちは、くつろいでふぢ子を中心にした晩餐を終えた。私は間もなく別れをつげて、室にかえった。

車が来た。

門のところにふぢ子とその弟、お母さんらが出ていて、私の寂しい旅を見送ってくれた。

母なるひとに、

「ではこれで失礼します。御主人によろしく言って下さい。」

「おからだを大切になさいまし。」

と、母なるひとも私の苦しかった生活をいたいたしそうに見送るような表情をして、ふぢ子の肩に手を置いた。

「ふぢ子さん。あなたにもたいへんお世話になりましたね。」と言いながら私は車に乗った。

「おじさん。来年また遊びましょうね。」

「あ。あそびましょうね。さよなら。」

「さよなら。」

と、私達は別れた。さっきから快活だったふぢ子は車がうごくと少女らしく涙ぐんで、いきなり母親の帯のところに顔をおしつけた。ひくい忍び泣きをあげながら——。

明治四十四年十月三日、私は第一回の都落ちをした。越えて十二月、父なる山元椿荘《ちんそう》氏から一封の手紙をうけとった。ひらくと、ふぢ子は腸に病を得て亡くなったことが記されてあった。生前いろいろお世話になった旨を感謝すると書いて、なお、ふぢ子はいつも「髪の長いおじさん」のことを言い言いしたと書き添えてあった。

私はその手紙を見て烈しい涙を感じた。そして、私のためには小さな救い主であった今はむなしい彼女の魂に向かって合掌した。

悼詩《とうし》

ボンタン実る樹のしたにねむるべし
ボンタン思へば涙は流る
ボンタン遠い鹿児島で死にました
ボンタン九つ
ひとみは真珠
ボンタン万人に可愛がられ

いろはにほへ　らりるれろ
ああ　らりるれろ
可愛いその手も遠いところへ
天のははびとたづね行かれた
あなたのをぢさん
あなたたづねて　すずめのお宿
ふぢこ来ませんか
ふぢこ居《お》りませんか

これはその当時、ある雑誌に書いた悼詩の一章である——。

〔1919年11月「中央公論」初出〕

あにいもうと

赤座は年中裸で磧で暮らした。

人夫頭である関係から冬でも川場に出張っていて、小屋掛けの中で秩父《ちちぶ》(73)の山が見えなくなるまで仕事をした。まん中に石でへり取った炉をこしらえ、焚火で、寒の内は旨い鮒の味噌汁をつくった。春になると、からだに朱の線をひいた石斑魚《うぐい》をひと網打って、それを蛇籠の残り竹の串に刺してじいじい炙った。お腹は子を持って撥《は》ちきれそうな奴を、赤座は骨ごと舐《しゃぶ》っていた。人夫たちは滅多に分けて貰えなかったが、そんなに食いたかったらてめえだちも一網打ったらどうだと、投網をあごで掬って見せるきりだった。

赤座は蛇籠でせぎをつくるのに、蛇籠に詰める石の見張りが利いていて、赤座の蛇籠といえば雪解け時の脚の迅い出水《しゅっすい》や、つゆ時の腰の強い増水が毎日続いて川底をさらっても、大抵、流失されることがなかった。石積み舟の上で投げ込む蛇籠の石を見張りしている彼は蛇籠の底ほど大きい石で固め、あいだに小型の石を投げ込ませ、隙間もなくたたみ込むように命令した。

投げ込む石はちから一杯にやれ、石よりも石を畳むこちらの気合いだと思え、ヘタ張るならいまから襯衣《しゃつ》を干してかえれ、赤座はこんな調子を舟の上からどなりちらしていた。てめえの褌《ふんどし》は乾いているではねえか、そんな褌の乾いている渡世をした覚えはないおれだから、そんな奴はおれの手では使えない、赤座はそんなふうで人夫だちの怠気《たいき》を見せる奴をどんどん解雇した。朝日が磧の石をまだ白くしない前に、いつもその日の人夫だちの出足を検《しら》べ八時が五分遅れていても、

――なあ、おれにもお法度《はっと》があるというものじゃないか。

そういうと仕事の割宛てをしないで、その日はそんな人夫を使おうとしなかった。道具をかついで人夫は磧から土手へ、土手からいま出て来たばかりの家へもどらねばならなかった。そんな奴をふりかえりもしないで、七杯の舟に石積みの手分けをし、蛇籠止めの棒杭を打つものを裸で水の中へ追い込み磧では蛇籠を編む仕事をひと回り査《しら》べると舟を淵の上にとめて水深に割り宛てられる蛇籠の数をよんでいたりした。そういう赤座の持ち舟のなかに長い竹の柄のついたヤス(74)が一本用意されてあって、新鱒が泳ぎ澄んでいて、水とおなじ色をしているのを目にいれると、そのヤスの柄が水深一杯にしずみ込んでゆき、さらに五寸ばかり突然にぐいと突きこまれたなと見ると、嘘つきのような口をあけたぎちぎちした鱒のあたまの深緑色が、みごとな三本の逆さ鉾の形をしたヤスの尖《さき》をゆすぶりながら刺されていた。その尾のさきで腕ッ腹を叩かれたらしびれてしまうといわれた川鱒も、赤座の拳でがんと一つ張られると、鱒は女の足のようにべっとりと動かなくなるのであった。

人夫だちは川底の仕事ですらごまかしが利かずに、赤座の眼《が》ンの中で水をくぐり呼吸を吐きに浮かび、また水の中にもぐって行った。若葉の季節は水の底もそのように新しい若鮎《わかあゆ》やはぜや、石まで蒼む快《よ》いしゅんであったから、赤座はかんしゃくを起こすと自分も飛び込んで行って、人夫のからだを小づいたり頭を一つひっぱたいたりして瀬すじを絶つ工事に一番かんじんな底畳みに大きな石を沈ませるのであった。水の中ですら赤座の嗄声が歇まずにどなり散らされた。どんな速い底水のある淵でも赤座はひらめのようにからだを薄くして沈んで行き、水中の息の永い事は人夫達も及ばなかった。人夫たちは水の中で怒った形相をこわがったが、水の中からあがるといつも機嫌がよかった。川のぬしであるよりも、自分でつくった池くらいにしか、川の事を考えていなかった。

小屋掛けに月に二度の銭勘定の日には、赤座の妻のりきがたずねて来たが、これはみんなから嬶仏《かかあぼとけ》といわれるほど、ゆったりと物わかりのよい柔和な女だった。りきはいつも赤座をあんな人だからあんな人と思うてつき合って下され、いくらそとから言ったってだめだから聞きたくないことは聞かなくともよいからと、てんで赤座をあたまごなしに説きふせているが、赤座はりきにかまいつけないで、ふんとか、うんとか、それだけ言葉みじかに返辞をするだけだった。銭勘定は磧仕事にはめずらしいくらいきれいに支払われ、吝《けち》な端たを削ることなぞしなかった。りきが請負いの後払いを先に回すことに人気を得て、勘定日にせんべいやお芋の包みを持って土手のうえに姿をあらわすと人夫たちはみんな手を振って迎えた。お茶の三時にはりきを取りかこんで荒男たちが元気にべちゃくちゃしゃべり、りきの手から貰う金を着物に入れたり手拭いにつつんだりして、磧が一杯に声をそろえて、賑わうてくるのであった。赤座はりきから報告をきくだけで金のことは永い間の習慣で、委《まか》せきりであった。赤座は仕事だけをしに来ているようで、用事のない三時にも磧と磧を二分している流れとを、見つめているにすぎなかった。日光の中で仕事をしつづけている人間は、眼の中にまで日焼けがしているごとく赤座の眼もそのようであった。そのような眼はただ川仕事をするだけに生まれついているようであり、雨つづきの出水の日にもわざわざ出場《でば》まで行って、濁ってぶつぶつ泥を煮ている川水を眺めていた。そんな時に濁った赤座の眼は悲しそうにしぼんで、濁流のなかに注ぎ込まれているようであった。繋いである舟は岸とすれすれに波に押し上げられ、小屋はきれいに流されてしまった泥波の立った磧は、赤座なんぞのちからや命令がどんなに仲間のあいだにはばが利いても、出水の勢いには叶わなかった。七つの時から磧で育ち、十五で一人前の石追いができ、蛇籠の竹のささくれで足を血だらけにして育った赤座は、出水の泥濁りを見るたびにおそろしいもんだなあと思うが、どうしてそんな出水が恐ろしい百数十本のせぎの蛇籠を押し流してしまうかが分らなかった。二十《はたち》ころから一本立ちになっても蛇籠のこしらえは一年ともたないで流されてしまうが、やっと川底の分だけはいつも残っていてそれだけでも仲間では「赤座の蛇籠」としてほめられていた。

赤座はりきが勘定をすましてかえろうとすると、

——もんちは帰って来たか。

と、感情をあらわさないで、なんでもないことをそういうように聞いた。

——かえってこないんです。

——伊之助は仕事に出たか。

——あれきりふて寝しているの。

——もう用はないよ。

赤座はそうりきにいうと、持ち場についた人夫だちのほうに向いて歩き出した。肥った赤座は肥った人がどっしりと歩くくせがあるように、磧の上に逞しいからだを搬《はこ》んで行った。

赤座には三人の子供があった。子供は子供であるが、長男の伊之は二十八になり石屋に年季を入れ一人前になっていたが、怠け者のうえにどこでどう関係をつけるか、しょっちゅう女のことでごたごたが絶えなかった。渡りの利く石職工でも伊之は墓碑の文刻に腕が冴えていたから、克明にさえ働けば金になったが、一週間か十日間も働きつめるとその金を持ったきり、二三日は帰って来なかった。妹のもんの言いぐさではないが浅草あたりの電車や自動車がごうと鳴って聞こえるのでしょうと言っていた。三日も経ってかえるとまた仕事を始めその金が手にはいると、またすぐ出かけてしまうのであった。りきの叱言《こごと》なぞてんで耳に入れず、赤座は日が暮れなければ仕事からかえらないので、晩は旨く親父と顔を合わすことを避けて外に出ていた。

伊之の下に妹が二人いて姉はもんといい、みんなから愛称をもんちと言われていたが、下谷の檀塔寺《だんとうでら》に奉公しているうちに学生と出来てしまい、その子供をはらむと、学生は国にかえってしまい文通はなかった。ぐれ出したもんは奉公先で次から次と男ができ、こんどは小料理や酒場をそれからそれと渡り歩いて半年も帰って来なかった。帰って来るとだらしなく寝そべって何かだるそうに喘いでいるような息づかいで、りきをあごで使っていた。りきは口叱言をいいながらも、この子はつまらないことで苦労しているが、いい加減にしないかといい、半分は顔を見るのも厭そうにしながら、半分はきつく憐れがって食べたいものを作ってやり、睡れるだけ睡らしておくのだった。実際、もんは睡足《ねた》りたということもないほど顔が真青になるまで睡ていた。りきはそんなくたびれがよく解る気持ちがし、兄の伊之が外泊りでかえってくると、やはり終日打ち通しでからだに穴の開くほど睡ていた。かれら兄妹は起きると、目をほそめまだくたびれののこる懶《だる》いからだを片手でささえながら、母親の手まめにうごく姿を珍しくもなく眺めるだけであった。伊之はこの母親が死んだらこの家には居られないと思うときだけ、りきが働きつめで打ち倒れでもしなければよいがと、母親の顔をちょっとの間身にしみて見るのであった。だが、そんなことはその間だけですぐ忘れてしまった。

もんはこんなことを言ってそれが一番かんじんなことであるように、

——お金の心配だけはさせないわ。

と、母親にいうのであった。

やっと一年も経って学生であった小畑が赤座の家にたずねて来た時は、もんは五反田《ごたんだ》のどこかに勤めていたが、例によって所番地は知らないので尋ねようがなかった。その代わり月にいちどは帰宅するからというのだ。りき一人でこの問題の解決のしようがなく磧の出場に行って赤座にこの話をした。赤座はだまって小屋から出ると、りきと一しょに土手の上に登り、土手づたいに近い自宅へいそいだが、りきは対手が若い学生のことであるから手荒なことをしないでいてくれるように言った。

——多分、子供の始末をつけに来たんでしょう。まだ、子供が生きているとでも考えているのじゃないかしら。

——すれた男に見えるか。

——まるで坊ちゃんです。

赤座は小畑と対き合うたが、赤座の体質風貌の威圧で小畑はすぐものがいえない風であった。赤座は端的に用件を手早く言っていただきましょうと言ったきり、むっつりと黙り込んでしまった。小畑は今まで打っちゃっておいて上がれた義理ではないが、国の親父に禁足同様にされていて抜け出す隙がなかったのだと言った。こんど上京していろいろの費用を負担させて貰い、それを自分だけの良心のつぐないにしたいと言ったが、肝心のもんと一緒になるとか、もんに逢わせてくれとかいうことを一言もいわなかった。かえってもんがいないのがこの男に都合のよいごたごたを避けさせているように、赤座はすぐ見ぬいてしまった。も一つ弱そうな学生あがりに見えるこの青年の実直そうな容子とは反対にこういう男だから一年の間どんな手紙をやっても、返辞一本出さずにいる根気よさと、つッ放しの腰をすえることができたのだと、蒼白い顔にりこうそうに覚悟をきめてしゃべっている小畑を、こいつ馬鹿でない掛合いをもって来たと思った。

——子供は死産でした。もんはあれから、やぶれかぶれです。

赤座はこれだけいうと、驚いて眼をきょとんとさせた小畑につつみきれないめんどうくささから脱けたほっとした気持ちを感じることができ、赤座にはそれがすぐ分って野郎旨くやりやがったと思い、遠い多摩《たま》(75)まで足を搬んだ甲斐があったろうと、そう彼はだぶだぶの腹の中で思った。おもんさんはいまどこにいるのでしょう、よかったら居所を知らしていただけないでしょうか。僕はあやまりたいこともたくさんたまっているので、それをあやまってさっぱりした気持ちになりたいのですと、勢いを得た妙な昂奮した語勢で小畑は言ったが、赤座はこの青二才いい気になっていると、見え透いた彼の安堵した気持ちが、頭をあおって来た。もんの腹に子供があるとりきから聞いた時のぐらぐらした厭な気持ちをもてあつかったあの時分の、積仕事の出場の不機嫌を蹴散らすことができずに、どれだけ小者人夫に拳や頬打ちを食わしたか分らなかった。赤座は狂《つか》れているのじゃないかと蔭口を叩かれるほど、そこらに気持ちをおちつけるところがなかった。

もんは奥の間で寝たきりであった。娘がハッキリと誰かにおもちゃにされ負けて帰って来たと、考えると、負けたことのない赤座はもんの顔を見たくもなかった。道楽者の伊之はああなることは始めから分り切っていることだ、だからおれは家から女を放すことは危ないと言ったのだと、りきを暇さえあればいじめた。りきはいじめられたきりで黙っていたが、伊之が時々汚ない物をひっくり返すようにもんの寝床に立ち上がったまま、おおかた、にやけ野郎にベタついて、子供時分のよだれをもう一遍垂らしやがったので、臍《へそ》の上がせり出したのだろう。狗《いぬ》だか椋鳥《むく》だかわけの分らないものをへり出す前に、何とか、悧巧にかたをつけたほうがいい、羅紗《らしや》くさい書生っぽのヒイヒイ泣きやがるガキの卵の夜啼きなんぞ聞くのはまッ平だと、頭痛で氷でひやしている枕上でどなるので、りきはわざわざ伊之にあんまり口がすぎるよ、お前の知ったことじゃないからこっちに来ていてくれと言っても、近頃外の女との間のうまく行かない伊之は何の腹いせだか、怒鳴ることを止めなかった。親身の兄妹のにくみ合う気持ちはこんなに突ッ込んで悪たれ口を叩くものかと、母親は憫《あき》れてものがいえないくらいだった。伊之は続けさまにその顔《つら》つきでいちゃつきやがったかと思うと、おら、へどものだ、しかも対手の野郎はてめえより十倍がたりこうときているから、舐ってしまったらあとに用のない女と随徳寺(76)をきめこんだ、全く年中そのつらを見ている奴もたまらないからなあ、名前もいわなければ国のところもいわず野郎は野郎でうんともすうとも言ってこないじゃないか。そんな野郎をかばいやがっていいとしがるなんてこん畜生ア、まったく惚れたんだか抜けやがったんだか知らないが方図のないあまッちょさ、腹ん中の餓鬼がどんどんふとりやがって図に乗ってぽんと飛び出した日にゃ、世間じゃ誰あって対手にしてくれるものはなしさ、餓鬼をつれて土手から乗合いに乗って東京のまン中へでも行って、どこかに蛙のようにつぶれてしまうかしなければおさまる代《しろ》ものじゃないと、自分で調子づいて毒舌の小歇みもなかった。りきが止めるとまたカッとなってお母あもお母あじゃないか、こんなしたたか者を生みつけておいていまさらおれの口をふさごうなんて、女らしくもないことさ、妹のさんのことをおもうとおらさんがかわいそうなくらいさ、——伊之は末の妹のさんが気まじめに奉公先にいて時々履物なぞみやげに持ってかえることを、ほめていうのであった。さんの話が出るとみんな黙ってさんのことを考えていた。あんな温和しい子供もいるのに、伊之よ、お前のように仕事もしないで朝から父さんの米さ食べてがんがん言っている人もいるんだ、怒っていいときとわるい時とがある、いまは、もんをとッつかまえて怒るときではないのだもの、怒ってよかったら父ッさんに怒ってもらえばいいのだ、父さんはだまっていなさるのだもの、皆もだまってもんをしずかにしてやらんならんじゃないかとりきは持ち前の声のやさしい割に人の頭にくい込むような言葉づかいでたしなめるのであった。もんはもんで寝床のなかで頭痛で顔をしかめながら、兄さんだってあひると同じで生み放しにしておいて母さんにあと口をいつもふいて貰ってばかりいるじゃないか。裏の戸口まで女を引きずり込んでいてとうとう父さんに見つかったのを、あたしがふらりと出てやってさ、そとの女の姿を匿ってあげたときあ、暗いところで手を合わせてお礼をいったくせに、こんな弱っているあたしを犬の仔かなにかのように暇さえあれば汚ないもの扱いも大概にして頂戴、兄さんにたべさしてもらっているんじゃあるまいし、何かのくせにぶりぶりして突っかかったりして、あんまりひどいわ。お腹の方のかたがついたらあたしゃ費用《かかり》はどんなことをしたって償うつもりです。それを機会《しお》にもういっさい母さん父さんに心配はかけないわ。だから、わたしのからだに傷がついたのをきっかけに、あたしのからだをあたしが貰い切ってどんなにしようが誰からも何にもいわれないつもりよ、父さんだって言ってたわよ、お前はお前でかたをつけろ、そんな娘のつらあ見るのも厭だと言っていたわ。だから兄さんからそんな兄さんづらをされたって頭痛がするばかりで何にもこたえないわ。外の女の首尾が悪いからってそんな胆ッ玉のちいさいことで喚き立てると、一そう女に好かれないものさ。

赤座はこういうごちゃごちゃした一家のなかでむんずりと暮らしていたあの時分の弱った気持ちを考えると、眼のまえにかしこまっている洟《はな》を垂らしそうな青書生が、娘の対手とは思えない気もしていた。りきが手荒なことをしてくれるなと言ったが、だんだんそんな気がしないでこいつもかわいそうなどこかの小せがれだと思わずにいられなかった。その反対に帰りに土手の上におびき出して思うさまこん畜生を張り倒し、娘の一生をめちゃくちゃにしたつぐないをしてやろうかとも考えて見たが、青書生を対手にしていい歳をしてそんな手荒なことが出来るものではなかった。赤ん坊は死んでいるし娘もまんざらでなかった小畑のことだから、そっと帰してしまった方がいいように思われた。

——もんはあんたに逢いたくもなかろうからこのまま引き取って貰いましょう。

赤座はこういうと仕事中だからと、もう立ち上がって土間に降りて行った。そしてもう一度小畑の方を見ると、赤座は半分しょぼしょぼな顔つきになって、考えていることの半分もいえないような声で言った。

——小畑さん、もうこんなつみつくりは止めたほうがいいぜ、こんどはあんたの勝ちだったがね。

赤座は自分で言った言葉にすっかり参った気持ちになり、いそいで土手の上にあがって行った。晴れつづきの磧は、真白に光っているところと、雑草にへり取られた磧の隔れ隔れになったところと、さらにべっとりと湿った洲の美しい飴いろの肌をひろげたところと、それらの広茫とした景色は光った部分から先に眼にはいって行き、迅い流れをつづる七杯の仕事船が蝶の羽のように白く見えた。もんも伊之も、そしてさんもみんな舟仕事のあがりで育てられた。もんや、さんの生まれがけの時分はりきは若くて先の優しいとがりを持った乳ぶさを持っていて、弁当のときにはその空をもってかえるまで乳ぶさをふくませ、摘んで食える茎を抜いていたりしていたのも、そんなに遠いこととは思えなかった。だのに娘はこどもを生み落とすようになりその男と対き合っても正直に怒鳴る気さえ起こらなかったのは、よほど赤座の心がこういう問題に弱りを見せているとしか思えなかった。りきにしても赤座の応待があんまり鷹揚すぎるのと、かえって赤座自身が早くこの問題から考えをもぎ取りたいとあせっていることさえ、察せられたのであった。あの人もよほど善くなり物わかりがよくなったと、りきはちょっと有難い気持ちにさえなったのだ。手の早い赤座は話の半分から殴ることしか考えなかった。殴ることがしゃべる十倍の利目があるということを、自然に一つの法則のようにしている赤座はりきにものを言うのに、少しの回りくどさがあるとすぐに殴ることしかしらなかった。りきは殴られ通しだったがそれの数がすくなくなり、殴られると怖いぞという感覚がりきの頭にかげをひそめてから、だいぶ年月が経っていた。小畑にそうしなかったのがりきには嬉しく、小畑は憎み足りなかったけれど何の考えもなくやったことを、りきは、もんも悪いし小畑もわるいと考えていた。その考えの底を掻ッさらってみるとどうにかした縁のまわりあわせで、もんと小畑とが一緒になれないものかとそんなことも考えてみたが、もんはもうじだらくな、誰もとりつきようのない女になっていたから小畑にそのことを説くにも、小畑があんまり温和しすぎるので控えられた。りきは小畑を愛したもんの気持ちがだんだんわかって来るような気がし、小畑がかえって行くのが惜しいような気がした。

——こんど宿さがりをして来ましたら、あなたがおたずね下すったことをもんにそう言いつけます。

りきは母親らしくそんな柔しい言葉さえつい出してしまった。

——そして所を聞いておいて下さい。

小畑は金の包みを取り出し無理にりきの手におさめさせた。りきは小畑を送って出て、この人には一生会えないだろうと考えた。小畑も母親らしいりきに親しむことが快く感じられたので、ぐずついて直ぐに前庭から通りへ出ようとしなかった。りきが培《つちこ》うた夏菊とか芭蕉とかあやめとかを見ていて、夏咲く菊はどんな色ですかと尋ねたりしていて、変な懐かしさから別れられなそうに見えた。

りきは思わず尋ねてみるのであった。

——あなたはおいくつになるんですか。

——僕ですか、僕は二十四になったところです。

色が白くて神経質な小畑は年よりも若く見えた。もんと出来たのは二十三の春になる、もんと一つちがいにしかならないと、りきは考えた。りきが赤座のところに来たのは二十二の時で、あの時分まるきり女としての赤ン坊としか思えないほど、何もかもわからなかった。小畑が一年経っても尋ねて来たのは誠意があるからであって、その誠意に気のつかなかった先刻からの自分が迂闊《うかつ》に思われ出した。まったくの悪い人間ならいまになってたずねて来るなどという頓馬な真似はしないであろう。

小畑は万年筆で名刺に所番地をこまかく書き入れ、それが自分の住所だからと言った。

——おもんさんに渡しておいて下さい。

小畑はそういうと田圃道を土手の方へ、何度もあいさつをしながら若いせいの高いからだを搬んで行った。りきはぼんやり見送っていた。悪い時には悪いもので二三日顔を見せなかった伊之がふらふら帰って来て、眼を細めて小畑を見ていたがもんの男であることを知ると、ひどく疲れて青くなっている顔にかんしゃくをむらむらとあらわした。そして小畑が家を出て田圃道から土手へあがると、りきに見られないように小畑のあとに跟《つ》いて行った。小畑も直覚的にもんの兄だなと感じ、その感じが急激に恐怖の情に変わってしまった。伊之はだまって一町ばかりついてゆき、やがて追いついてもきゅうに声をかけずに執念ぶかく、小畑と肩をすれすれに歩いて行った。赤座に肖《に》た伊之の顔は明るい動物的なかんしゃくで揉みくちゃになり、小畑はいつ伊之が飛びかかってくるか分らない汗あぶらをにちゃつかす、底恐ろしさに足がすくんでしまった。早く声をかけてくれればよいと、考えても、意地悪な重なる嫌悪に気を奪られた伊之は自分でもすぐに声の懸けられないほど切羽詰まって、耳のあたりがぶんぶん鳴ってくるほどの腹立たしさであった。

――きみ、ちょっと。

伊之の声はこれだけであったが、呼ばれたので小畑は助かったと思い、出来るだけ従順にこたえた。

――は、

――おれはもんの兄です。

伊之はこういうと小畑はまッ青な顔つきになった。きみに話をしたいことがあるのだ。そこに坐れ話があるからとほとんど命令するように言った。小畑は仕方なく土手の上に腰をおろした。伊之はその後もんに逢ったかと小畑に言い、小畑は逢わないとこたえた。いったい、君はもんをおもちゃにして置いておれだち一家をさんざんな目に遭わせたが、それでよく家に来られたものだ、もんはおれが子供の時に抱いて一緒に寝てやり、夜中には小便に起こして毎晩土間が暗いから尾いて行ってやったもんだ。もんはまるきり赤ン坊だった時分からいつも負んぶしていて、しまいに、もんの子守りをしないと遊びに出られなかったものだ。おれはもんの十七くらいの時まで、もんの顔を見ない日はなくもんと飯をくわない日がなかった。もんのからだのどこに痣が一つあってそれをもんが大きくなるまで知らなかったことを教えたのもおれだ。

おれともんとはまるで兄弟よりかもっと仲がよかった。てめえの子供を腹の中に持って帰った時はおれはもんをいじめ、もんに悪態のあるだけを尽くし、しまいに犬畜生のように汚ながってやったものだ。母はあんまり酷い口を利くおれをそれが本統のおれのように憎み出し、おれを毛虫のように嫌い出しもんの方につくようになったのだ。そうしないと皆がもんを邪魔者にするからだ。おれはきっとてめえが尋ねて来るときがあることを見ぬいていて、そしたらてめいにもんとおれとがそんなに仲のよい兄弟だったことと、おれが赤ン坊から育てたようなものだということを知らせて遣りたかったのだ。てめえはただの書生っぽで、男に生まれついているから遣るだけのことを遣ってしまったら、人夫風情の娘なんぞにもう用はないだろう。ありがちのことだから打っちゃってしまえば訳はないだろう、だが、そうは旨く、うちの親父のようにきれいに手前を手前にもどすことは出来ないのだ。伊之はこういううちにも小畑の手首をいつの間にか摑んで、それをちから一杯に摑み返し逆にもみ上げたりしながら、目になみだをうかべて道楽者というものはこんな変な思い上がりをするものかと思えるくらい、親身にぞくぞくした口惜しさに掻きむしられて、その眼のいろは対手に噛みつかんばかりの口つきと一しょに尖って行き、小畑は摑まれた分からさきの手をしびれさせ、恐怖以上の境に追い詰められたまま、これから先どうなるのか、どういう手荒なことをされても拒めない自分から、どういうふうに遁げ出したらいいかさえ考えつけないほど、伊之の言うままになりまるで馬鹿のようになっていた。

——きみはただあやまりに来ただけか。
——あやまるよりほかに言うことがないんです。
——もんをあのままに打っちゃって置くつもりか。
——逢ったら何とか二人で相談するつもりでいるのです。
——一しょになる気か。
——そうなるかも知れません。
——嘘つきやがれ。

伊之はカッとして小畑の頬を平手で撲《う》ちそのはずみに土手の上に蹴飛ばした。そんな乱暴なことをしないで口でいえば解るではないかという小畑を、伊之はちからに委せて一層烈しく頬打ちをくわした。てめえのような奴はここでどんな酷い目に遭ったって一生碌なことをしないことはわかっているが、これくらいのことは、もんのことを考えたら我慢していろ。もんはもう一人前の女にはならずに箸にも棒にもかからない女になってしまったのだ。けれどもてめえのような野郎と一緒になろうとは考えないだろう、そんな話を持ち込んだってもんは突ッ放してしまうだろう、もんはからだはじだらくになっているが気持ちは以前よりかしっかりしているのだ。てめえが口説き落とした生娘らしいものはもんのどこをさがしても捜しきれないだろうし、もんはそんな処女《おぼこ》らしいものはすっかり無くしているのだ、それは手前がみんなそうさせたのだ、手前さえ手出しをしないでいたら、あいつはあんな女にならなかったのだ。

——もう再度《にど》と来るな、そしてあいつを泣かせたりもう一遍だましたりおもちゃにしないことを約束しろ。

——全く僕が悪いのです。何と言われても仕方がないのです。

伊之は起ちあがると対手があまり従順なので張り合いが抜け、いくらかの気恥ずかしい気持ちで自分のしたことが頭に応えて来てならなかった。

——それではきみはもう帰れ。おれはもんの兄なんだ、きみも妹をもっていたならおれのしたことくらいはわかる筈だ。

——では。

小畑はいま伊之の言ったことばがよく解るような気がし、先刻とくらべると伊之の顔が穏やかになっているのを、ひどい目に遭ったこととまるで反対な好感をもって見ることが出来た。伊之は何やら言いたいふうをしたが、小畑はそれが伊之自身のしたことで宥《ゆる》しを乞うものに考えられてならなかった。伊之はとうとう言った。

——町に出ると乗合いがある。四辻で待てばいいのだ。

一週間の後《のち》もんはふらりと帰って来たが、折よく末の妹のさんも宿下りをして二人は赤座の小屋に弁当を持って行ったが、赤座は二人の姿を見たきり何ともいわなかった。珍しい姉妹が同時にかえって来ても一言もくちを利かなかった。姉妹が土手の上をかえって行くのを二人が気のつかないうちに、赤座はしばらく見つめていた。

りきがこの間小畑がたずねて来たことを話したが、もんはその話をゆっくり聞いて別に驚くふうも見せなかったが、父さんはどう言って応待していたかとそれが気になるらしく、それだけを急《せ》き込んで聞いた。父さんは何にもいわず寧ろいたわるような調子だったというと、そう、わるかったわね、あの人はもう来なくともよかったのにと言った。そしてこんど伊之兄さんと会わなかったのとたずねたが、りきは会わなかったらしいと答えた。それや何よりだわ、あの人に会うとめんどうなことになったかも知れないもの、と、もんは安心してよこになり、そら眼をして、ちょっといい男じゃないの母さんと言った。バカ何をいまになっていうのだ。子供まで背負いこませた男のことをまだほめているなんて、いい加減にするがいいとりきは苦々しく言ったが、もんはあの男からあとに男ができてもあんなにあるたけのものを好きになれる男なんてなかった。小畑には宥せるものでも他の男には宥せないものがあり、小畑よりずっといい男であってもそのいい男すぎるのが気障《きざ》だったりして、ちょうどいい頃加減の小畑とくらべるともの足りないと言い、けれども小畑が来たって一しょになってやらないさ、好きなのは考えている時だけで会ったらあたしにはもう生ぬるい男になっているからと笑って言った。

さんは姉さんというひとはどうしてそう男の人のことばかりをいうの。わたしにはそんなふうにずけずけ言えもしないし、考えていることの半分もしゃべれないわ。第一、男の人のことを話す材料がないんだものと言った。そりゃお前は何にも知らないけれど、あたしのようにすれッからしになると、みんな男のことわかるわ。男なんてきたないわ、隔れて考えていると汚ないけど、でもいつの間にか平常考えていることをみんな忘れてしまって、警戒するだけしたあとはもう根気のつづかないことがあるものよと言った。

伊之はお昼にかえって来るともんを見て、すぐ堕落女め、またおめおめと帰って来やがった、大方一週間くらい食いつぶして行くつもりだろう、みんなから飽かれないさきにさッさと帰って、どこかへ行って泥くさい人足どもを対手にして騒いでいた方がいいぜ、こう見えてもここは堅気な家だからそのつもりで家の中の風儀をわるくして貰いたくないものだと例の語勢で言ったが、さんは、兄さん久しぶりでかえって来た姉さんをそんなにひどく言うもんじゃないわというと、何だ赤ン坊のさん女郎、だまって引ッ込んでいろ、もんのような女はうんと遣っつけてもそれで性根がなおるとか、悪たれ口に参ってしまうとかいうそんな生優しいしろ物じゃないんだから、よこ合いから口をさしはさむだけ馬鹿を見るんだよ、——伊之はまたもんが睨むような眼付きをしているのを見ると言い続けた。いったいいつまで気儘な稼ぎをしていていつちゃんとした正業に就くんだか、そんな曖昧な暮らしをしている間はここの家に足踏みをして貰いたくないもんだ。この間来やがった野郎にしても再度と来られる義理でないのに、図々しくやってきたのはこっちを舐めているからだと言った。

——兄さんは小畑さんにこのあいだお会いになったの。

もんは、顔いろを変え、会わなかったと言った母親と、伊之の顔とを見くらべた。さんも、母親もびっくりした。

――会ったとも、かえりを見澄まして尾けて行ったのだ。

――何をなすったの。

――思うままのことをして遣った。

伊之はにくたらしくもんの顔を見てから、あざわらいを口もとにふくんで言った。

――乱暴をしたんじゃないわね。

もんは息を殺した。

――蹴飛ばしてやったが適わないと思いやがって手出しはしなかった。おら胸がすっきりとしたくらいだ。

もんは呆気に取られていたが、みるみるこの女の顔がこわれ出して、口も鼻もひん曲って細長い顔にかわってしまい、逆上からてっぺんで出すような声で言った。

――もう一度言ってごらん。あの人をどうしたというのだ。

もんは腰をあげ鎌首のような白い脂ぎった襟あしを抜いで、なにやら不思議な、女に思えない殺気立った寒いような感じを人々に与えた。りきも、さんも、こういう形相のもんを見たことがなかった。

伊之はせせら笑って言った。

――半殺しにしてやったのだ。

――手出しもしないあの人を半殺しに、……

もんはそういうと、きあ、というような声と驚きとをあらわした喚きごえをあげると、畜生めとあらためて叫び出して立ちあがって言った。

――極道兄キめ、誰がお前にそんな手荒なことをしてくれと頼んだのだ、何がお前さんとあの人の関係があるんだ、あたしのからだをあたしの勝手にあの人に遣ったって何でお前がごたくをいう必要があるんだ。それに誰が踏んだり蹴ったりしろといったのだ。手出しもしないでいる人をなぜ撲《なぐ》ったのだ、卑怯者、豚め、ち、道楽者め。

もんはかつてないほど気おい立っていきなり伊之に摑みかかり、その肥った手をぺったりと伊之の顔に引っかけたなと見ると、伊之の眼尻から頰にかけて三すじの爪あとが搔き立てられると、腫れたあとのように赤くなり、すぐにぐみの汁のようなものが流れた。この気狂いあまめ、何をしやがるんだと伊之はもんの気に呑まれながらも、すぐ張り倒してしまった。もんはヘタ張ったが、すぐ起き上がって伊之の肩さきにむしゃ振りついたが一と振り振られ、そのうえ伊之の大きな平手はつづけざまにこの色キチガイの太っちょめという声の下で、ちから一杯に打ちのめされた。もんはキイイというような声で、

――さあ、ころせ畜生、さあ、ころせ畜生。

と、しまいにぎあぎあ蛙のような声変わりをつづけた。よし、思うさま今日は肋骨の折れるまで引っぱたいてやろうと伊之が飛びかかると、逃げると思っていたもんは、さあ撲れ、さあ

ころせとわめき立てて動かなかった。

勿論、りきとさんは伊之を止めたが、それでも伊之はこん畜生このまま置くとくせになると勢い立ったが、気の弱いさんが泣き出したので伊之はそれ以上殴ることを諦めてしまった。

もんは聞かなかった。

——お前のように小便くさい女を引っかけて歩いている奴と、はばかりながらもんは異《ちが》った女なんだ、お前のごたくどおりにいうならもんは淫売同様の、飲んだくれの堕落女だ、人様にこのままでは嫁には行けないバクレン者[77]だ、親に所もあかせない成り下がりの女の屑なんだ、だけれど一度宥した男を手出しのできない破目と弱みにつけこんで半殺しにするような奴は、兄さんであろうが誰であろうが黙って聞いていられないんだ、やい石屋の小僧、それでもお前は男か、よくも、もんの男を撲ちやがった、もんの兄キがそんな男であることを臆面もなくさらけ出して、もんに恥をかかせやがった、畜生、極道野郎！

もんはそういうと今度はひいひいという声で歔き出してしまった。りきはこんどはもんに向かい女だてらに何という口の利きようをするのか、もっと、気をつけないと隣近所もあるじゃないかというと、もんは、母さんは黙っていておくれ、こんな弱い者いじめの兄さんだと思わなかったのだ、こんな奴に兄ヅラをされてたまるものかと言った。

——まだ撲たれ足りないのか、じごくめ。

——もっと撲ちやがれ、女一疋が手前なんぞの拳骨でどう気持ちが変わると思うのは大間違いだ、そんなことあ昔のことさ、泥鰌《どじょう》くさい田舎をうろついているお前なんぞにあたしが何をしているか分るものか。

伊之はもう一度飛びかかろうとしたが、りきに止められて仕事の時間に気づくと、いい加減に失せやがれとどなり散らして出て行った。

伊之が外に出ると同時にもんは歙き出した。りきはもんのたんかの切りようが凄じいのでもんがどういう外の生活をしているかが、想像すると末恐ろしい気がした。

——お前は大変な女におなりだね。

りきの声はきゅうに衰えているようで、もんの耳にはつらく聞こえた。

——そうでもないのよ母さん心配しなくともいいわ。

——でも、あれだけ言える女なんてわたし始めてさ。後生だから堅気な暮らしをしてもっと女らしくおなり、まるでお前あれでは兄さん以上じゃないか。

——あたし、母さんの考えているほど、ひどい女になっていないわ、だけどあたしもうだめな女よ。

りきは小畑からの名刺を出して見せたが、しばらく見詰めたあと、こんなもの、あたしに用はないわといい細かく静かに裂いてしまった。そしてうつ向いてしくしく歙き出した。すっかり歙いてしまうと元のままのもんになり、横坐りをして自分で自分を邪魔者にするような、だるそうな顔つきをしてりきに言った。

——あたし妙になったのかも知れないわ。からだがだるくて。

——まさかお前またあれじゃないだろうね。

——まあ、

と、もんは笑ってしまった。わざとらしい笑い様がりきの心をしめつけた。そんなことだったら家へなんかかえって来ないわ、あたしこれでも母さんの顔が見たくなってくるのよ、悪いことをしても善いことをしてもやはり変に来たくなるわ、あんな、いやな兄さんにだってちょっと顔が見たくなることがあるんですものと、もんはそれを本統の気持ちから言った。

その時分、赤座は七杯の川舟をつらね、上流から積んで来た石の重みで水面とすれすれになった舟の上で、あと幾日とない入梅時の川の手入れを気短かにいそいでいた。この仕事をやって退ければ梅雨のあいだは休めるのだ。休むことの嫌いな彼は引きつづいて仕事を夏までのべ、でつづけよう、その気持ちのあるものは働けとどなっていた。

——仕事につくものは手を上げろ。

舟がせぎについた時に赤座は七杯の舟に乗っている裸の仲間に、元気のよい声で怒鳴って見せた。そういう時の赤座は上機嫌だった。みんな手を挙げて次の仕事に回ることを賛成した。ようし、そのつもりでミッチリと働いて暑い土用に日乾しにならないようにするんだと、赤座はもう次に石を下ろすことを手早く命令した。鋼鉄のような川石は人夫の手からどんどん蛇籠のなかに投げ込まれ、荒い瀬すじが見るうちに塞がれ停められて行った。川水は勢いを削がれどんよりと悲しんでいるようにしばらく澱《よど》んで見せるが、少しの水の捌《は》け口があると、そこへ怒りをふくんで激しく流れ込んだ。赤座はそこへ石の投げ入れを命じ大声でわめき立てた。そんなときの赤座の胸毛は逆立って銅像のようなからだが撥ちきれるように、舟の上で鯱立《しやちこだ》って見えた。

〔1934年7月「文藝春秋」初出〕

注釈

(1) 古くから上流の既婚婦人はまゆをそり落とす風習がある。
(2) 距離の単位。約一〇九メートル。
(3) わきざしのさやのもとのところに外側からさし添えた小刀。
(4) 刀の握る部分である柄《つか》を、サメ皮で包み、その上をひも糸で×印に巻いたもの。
(5) 途中でひまをつぶすこと。
(6) 桜貝は桜色の美しい二枚貝。姫貝は三角形のいがい科の二枚貝。ちょうちん貝は多分螺塔形のふで貝の意だろう。
(7) 金沢市のほぼ東一五キロの、富山県との県境にある山。現在市民のハイキングコースとして、また冬はスキー場として親しまれている。
(8) 現在の金沢市を中心とする石川県の南半分の地方。
(9) 「目の下」は魚の大きさをはかる基準で、目から尾までの長さ。一尺は約三〇センチ。
(10) 江戸時代には、家柄や特別な功労によって、庶民も刀を腰にさすことが許されていた。
(11) 源を白山に発し、かつて加賀百万石ともいわれた米作地帯の金沢平野を灌漑して、美川町(現在の白山市)から日本海に注ぐ川。長さ七三キロ。

(12) 源を金沢市南東の大門山に発し、金沢市街を貫流して日本海に注ぐ川。
(13) 食事の世話をする役人。
(14) 人食い亀。人を捕えて食うという亀。
(15) 一間は六尺で、約一・八メートル。
(16) 「御猟場」は皇室の狩猟の場所。ここでは、藩所有の魚をとる場所の意。
(17) 石川県の南東部県境にそびえる、白山を主峰とする火山脈。
(18) 越中の国富山城主。
(19) 一四五五～八八、加賀の国富樫城主。本願寺門徒・農民らの蜂起にあい、やぶれて自殺した。
(20) 張本人。先頭に立って企てた人。
(21) 黒板。
(22) 旧制小学校の一種。満六歳以上の児童に普通教育を施した所。
(23) 一本の刀。
(24) 現在の富山県。
(25) 東京都の東部を貫流して東京湾に注ぐ川。荒川の下流。江戸時代より多く詩歌にうたわれ、文学にえがかれてきた。
(26) 河川の護岸・水流制御などのために、円筒形に編んだかごに石をつめたもの。

(27) 地蔵祭。京都洛外の六個所に地蔵尊を分置し、縁日の七月二十四日に供養したことにならって、この日に児童が町にある石地蔵に香花をそなえたりする。
(28) 三方の意。神仏などにそなえるものをのせる四角の台。
(29) 地蔵菩薩業本願経。
(30) 世間一般の家。お寺でない世俗の家。
(31) 空海。七七四〜八三五、平安初期の高僧。真言宗の開祖。讃岐《さぬき》の人。八一六年高野山に道場を開き、八二八年教育の普及のため京都に綜芸種智院《しゆげいしゆちいん》を建立。詩文に長じ、能書のほまれ高く、わが国三筆の一人。
(32) 願いごとをしたり、願いごとのかなったお礼に、神社や寺に奉納する額。もと、馬を奉納する代わりとして、馬の絵を書いたことからいう。
(33) 一八九五年、巌谷小波《いわやさざなみ》を主筆に博文館から創刊された少年雑誌。ジュール・ベルヌの『十五少年漂流記』が森田思軒の訳で連載された。
(34) ルソンやジャワなど東南アジア諸国（南蛮）を通じて日本に渡ってきた舶来品。
(35) 九谷焼。石川県南部で作られる、細かい模様と金色の彩色をもった磁器。古九谷は、古製の九谷焼。
(36) 今の岐阜県の北半分。飛驒の連峰とは飛驒山脈（北アルプス）のこと。
(37) 一八九六年、佐藤義亮が文壇に新風を送ろうとして自ら創刊した雑誌。新潮社の前身である新声社から発刊された。のちの「新潮」。
(38) 一九〇三年『社会主義詩集』を発表した詩人、児玉花外《かがい》(一八七四〜一九四三)。
(39) 四六判(縦一九センチ、横一三センチ)の書籍の倍の大きさ。今のB5判に近い。
(40) 社会主義者。
(41) 川路柳紅《りゅうこう》(一八八八〜一九五九)や相馬御風《ぎょふう》(一八八三〜一九五〇)によって試作された口語自由詩運動。
(42) 一八九五年「少年文庫」を改題して創刊された文学雑誌。特に詩欄に力を注ぎ多くの新体詩人を育成した。
(43) 十六・七歳の少女がゆう、左右に髪を分けて輪にし、後頭上部で結び、鬢《びん》をふくらませた髪のゆい方。
(44) 鼻紙などに用いる、反古《ほご》紙をすきかえした小判の薄い和紙。
(45) 口をすぼめ息を吸い込みながら発する、ねずみのような鳴き声。
(46) 深編み笠をかぶり、尺八を吹きながら諸国をまわって修業する、普化《ふけ》宗の僧。
(47) 庭の出入り口などに木や竹の枝を折り並べ、または編んで作った、簡単な戸。
(48) ばら科の常緑小高木である、かなめもちを植えたいけがき。
(49) 現物でなく、相場の変動を利用し、その高下から生ずる差額の利益を得ることを業《なりわい》とする人。

(50) 原始（小乗）仏教を止揚し、大乗仏教の根底となった、いっさい皆空の理によって般若を得ることを説いた経の総称。「般若心経」は般若経の内容を圧縮したもので、「色即是空、空即是色」の名句がある。

(51) 危険思想や政治犯罪などの取り締まりをした刑事。

(52) 北原白秋が一九〇九年三月、易風社から出版した第一詩集。異国情調をもった新鮮な感覚詩・官能詩。

(53) 衣服の裾《すそ》または袖《そで》などを草ですって色をつけること。

(54) 観世音を安置した三十三カ所の霊場をめぐり、参詣のしるしとして札を受け取ること。

(55) 髻《もとどり》の上を左右に二分し、半円形に曲げて、イチョウの葉のようにゆった日本髪。

(56) 東京都文京区本駒込にある警察署。東京大学の北に位置する。

(57) 専売制度実施後、最初に発売された四種の紙巻きタバコの一種。

(58) 東京都文京区千駄木から谷中・上野に通じる坂。明治末年までは狭く急な坂で、秋には両側に植木屋が菊人形を作り並べて、東京風物詩となっていた。

(59) 東京都文京区の地名。千駄木の南にあり、根津権現がある。

(60) 一八二一〜八一、ロシアの小説家。シベリア流刑の体験をもち、また持病のてんかん症から、宗教精神を底にもつ人間の心の苦しみを描いている。『カラマーゾフの兄弟』『罪と罰』などの作品がある。

(61)無職・住所不定で、人の弱点につけいる、ならずもの。
(62)ガラスのこと。
(63)東京都文京区千駄木の旧地名。当時、家よりも原地が多く、太田道灌の子孫・太田摂津守の下屋敷があったことから、こう呼ばれた。森鷗外・夏目漱石の住居もあった。
(64)現在の東京都文京区千駄木。
(65)キセルの火皿と吸い口とをつなぐ竹の管「ラウ」の手入れや交換を業とする人。羅宇替え。
(66)現在の東京都台東区谷中あたりの地名。千駄木の東、上野の地にあたる。
(67)東京都台東区上野公園にある天台宗の寺。徳川家光の開基になる徳川氏の菩提所で、一六二五年天海僧正が開山した。
(68)アメリカ、カリフォルニア州中部の重要港で、太平洋岸ではロサンゼルスにつぐ大都市。近代的な高層建築が多い。
(69)一八四四~九六、フランスの詩人。マラルメ、ランボーとともに象徴派の大詩人といわれる。
(70)一八一四~七五、フランスの画家。バルビゾンに住み、農民の友としてその生活を描いた。特に『晩鐘』『落穂拾い』は有名である。
(71)一四七五~一五六四、イタリアルネッサンス最大の芸術家。彫刻に『モーゼ』『ダビデ』、絵画ではシスチナ礼拝堂の天井画『最後の審判』などの傑作がある。

(72) 東京都文京区の一地区。もと東京市三十五区の一つで、東京大学・湯島天神・根津権現・漱石・鷗外の旧宅などがある。
(73) 関東山脈の前面、秩父盆地南東部にある、埼玉県の機業都市。ここでは背景の関東山脈をさし、ここは秩父多摩甲斐国立公園として、三峰山・雲取山・甲武信《こぶし》岳・三国山などの山々が連なっている。
(74) 長い柄があり、突き刺して捕える漁具。
(75) 東京都の西部一帯の地区。
(76) 後の事など構わずに跡をくらますこと。ずいとそのままにする意を寺の名めかしていったもの。
(77) 女のならず者。女のすれっからし。あばずれ。

P+D BOOKS ラインアップ

幼年時代・性に眼覚める頃　室生犀星　●犀星初期の〝三部作〟を中心に構成された一巻

冬の宿　阿部知二　●映画化もされた戦前のベストセラー作品

天上の花・蕁麻の家　萩原葉子　●萩原朔太郎の娘が描く鮮烈なる代表作2篇

閉ざされた庭　萩原葉子　●自伝的長編で描かれる破局へ向かう結婚生活

輪廻の暦　萩原葉子　●作家への道を歩み出す嫩。自伝小説の完結編

海軍　獅子文六　●「軍神」をモデルに描いた海軍青春群像劇

（お断り）

本書は1967年に旺文社より発刊された文庫を底本としております。

あきらかに間違いと思われるものについては訂正いたしましたが、基本的には底本にしたがっております。また、一部の固有名詞や難読漢字には編集部で振り仮名を振っています。

本文中には土人、下男、露助、人足、園丁、女中、淫売、白痴、気狂い、酌婦、畸形、娼婦、香具師、人夫、書生、女郎、あま、色キチガイ、バクレン者、石屋、女だてらなどの言葉や人種・身分・職業・身体等に関する表現で、現在からみれば、不当、不適切と思われる箇所がありますが、著者に差別的意図のないこと、時代背景と作品価値とを鑑み、著者が故人でもあるため、原文のままにしております。

差別や侮蔑の助長、温存を意図するものでないことをご理解ください。

室生 犀星（むろう さいせい）
1889年（明治22年）8月1日—1962年（昭和37年）3月26日。享年72。石川県出身。本名・照通（てるみち）。1918年に第一詩集『愛の詩集』、第二詩集『抒情小曲集』を刊行、詩壇の地位を確立する。翌年には小説「幼年時代」を発表し、小説家としても名を成した。代表作に『かげろふの日記遺文』『杏っ子』など。

P+D BOOKS とは

P+D BOOKS（ピー プラス ディー ブックス）とは
P+Dとはペーパーバックとデジタルの略称です。
後世に受け継がれるべき名作でありながら、現在入手困難となっている作品を、
B6判ペーパーバック書籍と電子書籍を、同時かつ同価格で発売・発信する、
小学館のまったく新しいスタイルのブックレーベルです。

幼年時代・性に眼覚める頃

2022年6月14日　初版第1刷発行

著者　室生犀星
発行人　飯田昌宏
発行所　株式会社　小学館
〒101-8001
東京都千代田区一ツ橋2-3-1
電話　編集　03-3230-9355
販売　03-5281-3555
印刷所　大日本印刷株式会社
製本所　大日本印刷株式会社
装丁　おおうちおさむ（ナノナノグラフィックス）

2022 Printed in Japan
ISBN978-4-09-352442-1

P+D BOOKS